# Wszystkie BDSM

## Wejście Tylne

## Erika Sanders

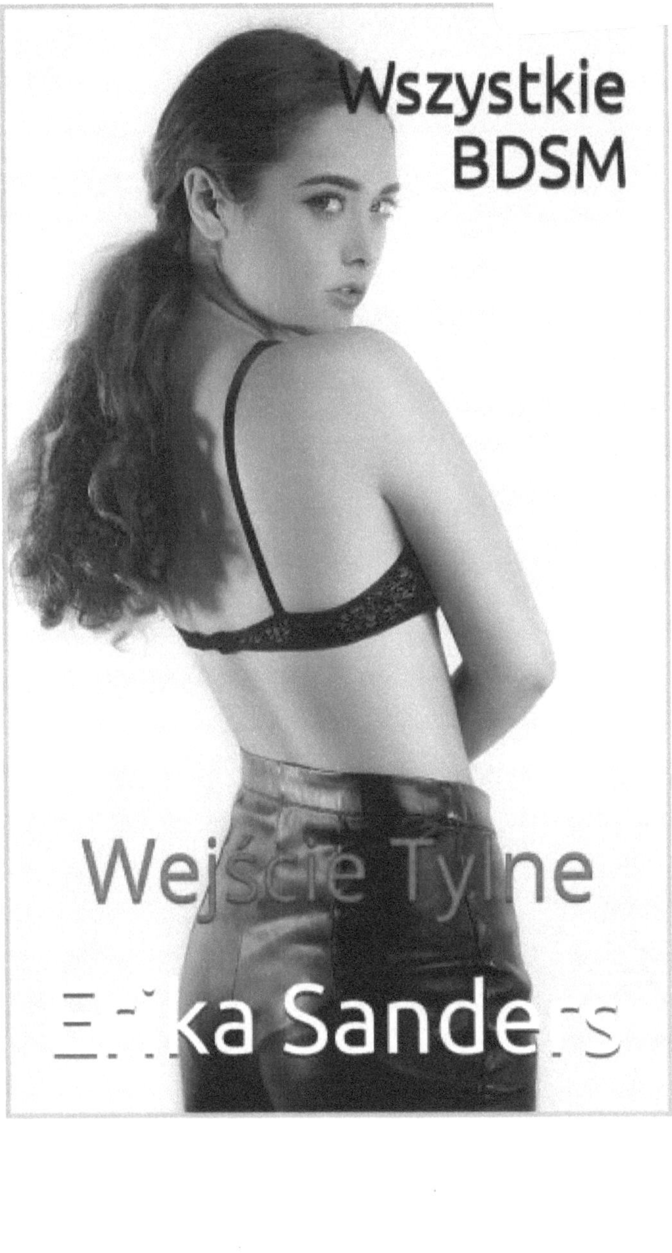

Wszystkie BDSM
Wejście Tylne

Eryka Sanders

Wszystkie BDSM

# Streszczenie

Składa się z następujących powieści:
Wejście Tylne
Wąska Dziura W Tyłku
Odkrywanie Tylnego Wejścia
Ryzykowny Zakład Zwrotny

**Wszystkie BDSM** to powieść z silną erotyczną treścią BDSM i ponownie jest nową powieścią z **Dominacja i erotyczne poddanie**, serii powieści o wysokiej romantycznej i erotycznej treści BDSM.

(Wszystkie postacie mają ukończone 18 lat)

# Uwaga do autora:

Erika Sanders jest znaną na całym świecie pisarką, która została przetłumaczona na ponad dwadzieścia języków i, z dala od swojej zwykłej prozy, podpisuje swoje najbardziej erotyczne pisma swoim panieńskim nazwiskiem.

# indeks


Streszczenie

Uwaga do autora:

indeks

WSZYSTKIE BDSM WEJŚCIE TYLNE ERIKA SANDERS

WEJŚCIE TYLNE

NIESPODZIANKA Z PIERWSZEJ ROCZNICY

ROZDZIAŁ I

ROZDZIAŁ II

ROZDZIAŁ III

ROZDZIAŁ IV

SEXY EKSPERT NAJLEPSZY PRZYJACIEL

ROZDZIAŁ V

ROZDZIAŁ VI

PIERWSZY RAZ

ROZDZIAŁ VII

ROZDZIAŁ VIII

EPILOG

WĄSKA DZIURA W TYŁKU

ROZDZIAŁ I

ROZDZIAŁ II

ROZDZIAŁ III

ROZDZIAŁ IV

ODKRYWANIE TYLNEGO WEJŚCIA

RYZYKOWNY ZAKŁAD ZWROTNY

ROZDZIAŁ I

ROZDZIAŁ II

ROZDZIAŁ III

ROZDZIAŁ IV

ROZDZIAŁ V

ROZDZIAŁ VI

ROZDZIAŁ VII

ROZDZIAŁ VIII

KONIEC

# WSZYSTKIE BDSM
# WEJŚCIE TYLNE
# ERIKA SANDERS

# WEJŚCIE TYLNE

# NIESPODZIANKA Z PIERWSZEJ ROCZNICY

15

# ROZDZIAŁ I

Byli najlepszymi przyjaciółmi w liceum. I od tamtej pory pozostają najlepszymi przyjaciółmi.

Mimo że byli dorosłymi mieszkańcami dużego miasta, z własnymi karierami i intensywnym życiem, znajdowali czas, by spotykać się przynajmniej raz w tygodniu w śródmiejskiej kawiarni, gdzie dzielili się aktualnościami ze swojego życia.

Nadal byli ubrani w swoje biurowe ubrania, gdy rozmawiali przy kawie.

„Więc zbliża się moja piąta rocznica" – powiedziała Lesley, odnosząc się do swojego małżeństwa z Robem.

Marlena wyostrzyła wzrok. „Wiesz, 5 lat to wielka sprawa, zwłaszcza w dzisiejszych czasach. Wiesz, co to znaczy, prawda?"

"To?"

- To oznacza, że tym razem będziesz musiał kupić mu coś wyjątkowego i vice versa.

Oczywiście Marlene była w tym autorytetem. Pracowała dla portalu randkowego i była profesjonalną swatką. Była także terapeutką relacji i doradcą małżeńskim.

Bez względu na to, jak wątpliwa wydawała się Lesley kariera Marlene, nie było wątpliwości, że była skuteczna. Marlene słynęła z łączenia ludzi i sprawiania, że trudne relacje funkcjonowały. W dużym mieście, w którym mieszkali, ludzie byli bardziej niż skłonni zapłacić Marlene duże pieniądze za jej przewodnictwo.

„W tym momencie trudno jest zdobyć coś dobrego dla Roba" – narzekała Lesley. „Jest dyskretną osobą i ma już wszystko, czego chce".

„Więc zrób coś specjalnego. Ugotuj jej duży posiłek. Zrób jej przyjęcie niespodziankę. Cokolwiek".

„Niestety, Rob jest znacznie lepszym kucharzem ode mnie. I nienawidzi przyjęć niespodzianek. Uważa je za dziecinne".

– Dobry seks zawsze działa – powiedziała żartobliwie Marlene, biorąc łyk kawy. „Mężczyźni zawsze doceniają dobre obciąganie, kiedy tylko jest to możliwe".

Lesley zarumieniła się. „Boże, ucisz to, dobrze?"

„Słuchaj, mówię tylko, że 5 lat to wielka sprawa. Szczególnie w dzisiejszych czasach. Może zechcesz pomyśleć o czymś wyjątkowym".

"W porządku."

- Ja zawsze mam rację - mrugnęła Marlene.

# ROZDZIAŁ II

Sama rada nie była zła. Lesley myślała o tym w drodze do domu. Kiedy rozbierała się w swojej sypialni, zdała sobie sprawę, jaką jest szczęśliwą kobietą.

Wyszłam za mąż za wspaniałego faceta, miałam świetną pracę i wspaniałą grupę przyjaciół, na których mogłam polegać. W wieku 33 lat radził sobie dobrze.

Ale co zamierzała kupić Robowi na ich piątą rocznicę? Miał już wszystko, czego pragnął. Nie był wybrednym facetem. To było proste w swoim smaku. Pracował jako sprzedawca ubezpieczeń, aw wolnym czasie uprawiał sport i spotykał się z przyjaciółmi. To było to.

Zwykle Lesley uwielbiała fakt, że był tak mało wymagający, ponieważ dawało jej to więcej czasu na skupienie się na swoich potrzebach.

Teraz bardziej niż kiedykolwiek chciała coś z nim zrobić. Chciała sprawić mu przyjemność. I była zdeterminowana, aby ich małżeństwo było trwałe.

Spojrzała na siebie w lustrze w sypialni. Nadal był w dobrej formie. W szkole średniej i na studiach była lekkoatletką, ale odkąd została pracownikiem biurowym, trudniej było jej utrzymać tę samą formę. Przybrała kilka funtów w okolicy bioder i ud. Większość ludzi by tego nie zauważyła, ale zawsze była świadoma swojego wyglądu i śledziła każdą zmianę dokonywaną w jej ciele.

Czas ograniczyć węglowodany, pomyślała.

W przeciwnym razie wyglądało to świetnie.

Włożyła swoje wygodne, codzienne ubranie domowe: dresowe spodnie i za duży T-shirt. Ponieważ zbliżała się wielka rocznica, nadszedł czas, aby być dobrą gospodynią domową i przygotować obiad.

# ROZDZIAŁ III

Praca była interesująca następnego dnia. Lesley pracowała w średniej wielkości agencji reklamowej, gdzie mogła wykonywać pracę, którą kochała. Uwielbiała współpracować z kolegami i być kreatywna.

Ale z tyłu głowy mógł myśleć tylko o zbliżającej się rocznicy i rozmowie, którą odbył z Marlene.

Ponieważ w biurze wszystko było w toku, Lesley wykorzystała swój czas przerwy, aby pójść do prywatnej łazienki i zadzwonić do swojej najlepszej przyjaciółki. Bezpłatne porady dotyczące związków były zawsze mile widziane.

W końcu, jeśli Lesley miała rację, wiedziała, że Rob musiał planować coś własnego. Łatwo było zrobić coś specjalnego dla Lesley. Miała wiele rzeczy, które lubiła, w tym przyjęcia niespodzianki, wymyślne kolacje i oczywiście drogą biżuterię.

Prezenty rocznicowe były czymś, czego Rob nigdy nie zapomniał. Co roku dawał jej coś bardzo ładnego. Każdego roku zawsze udawało jej się przebić prezent z poprzedniego roku, dlatego Lesley musiała wymyślić coś wyjątkowego.

Poszedł do łazienki i wykonał połączenie za pomocą szybkiego wybierania. Na szczęście Marlene miała też wolny czas i chwilę porozmawiały, zanim przeszły od razu do rzeczy.

– Myślę, że masz rację – powiedziała Lesley, siedząc w łazience z telefonem w dłoni. „Coś romantycznego to chyba najlepszy pomysł".

„Teraz to rozumiesz. Dobrze dla ciebie".

„Problem polega na tym, że nie mam pomysłów".

„A co z seksownymi strojami? No wiesz, bielizna, prześwitujący stanik i majtki, tego typu rzeczy".

– Robowi by się to nie spodobało – odparła Lesley. „Za każdym razem, gdy kupuję coś seksownego, ona chce, żebym to jak najszybciej zdjął. Po prostu lubi nagość".

„Co powiesz na odgrywanie ról? Jest wiele gorących scenariuszy".

„Zbyt lepki".

"Seks oralny?" – zapytała Marlena. "Gdzie jesteś z tym?"

„Tam nie ma żadnych problemów".

"Czy przełykasz?"

– To praktycznie nawyk – odparła Lesley z nutą zakłopotania. „Na tym polega sęk, wygląda na to, że omówiliśmy wszystkie podstawy".

– A co z seksem analnym?

To pytanie zatrzymało Lesley w miejscu. Przez chwilę była oszołomiona i pogrążona w lekkim niedowierzaniu. seks analny? Czy to naprawdę była odpowiedź? Marlene była ekspertem i poruszyła ten temat nie bez powodu.

„Nigdy tego nie robiliśmy" – odpowiedział Lesley.

Coś musiało być w odpowiedzi Lesley, ponieważ ton jej głosu zwrócił uwagę Marleny.

W końcu Marlene była kobietą specjalizującą się w randkowaniu, związkach i seksie. Zrobiła dzięki temu udaną karierę, na co nie wiele osób może sobie pozwolić.

„Czy kiedykolwiek wcześniej eksperymentowałeś z analem?" – spytała Marlene sugestywnym tonem. „To znaczy, bez Roba. Robiłeś to wcześniej z poprzednimi partnerami?"

Jako najlepsze przyjaciółki, Lesley i Marlene, rzecz jasna, rozmawiały już wcześniej o swoim życiu seksualnym, ale nigdy tak szczegółowo. Poziom szczegółowości zaczynał sprawiać, że Lesley czuła się nieswojo, ale nie mogła narzekać. W końcu to ona poprosiła o darmową poradę.

„Nigdy wcześniej nie uprawiałem seksu analnego".

— Ani palca?

– Miałem palec – przyznał Lesley. „Nic więcej ".

„Naprawdę kiedy ?"

– Jakiś facet, z którym krótko spotykałam się na studiach?

– zaciekawiła się Marlena. „Naprawdę, college? Kto to był? Mark? Dave?"

– To nie jest teraz ważne – odparła Lesley, kręcąc głową. „Ważną rzeczą jest Rob i ja".

"Myślę, że znaleźliśmy twoją odpowiedź."

"Seks analny?"

"Tak."

"Seks na moim tyłku?" Lesley ponownie poprosił o potwierdzenie.

— To prawie to samo.

- A jak to ma działać na naszą rocznicę? Czy mam otworzyć tyłek i powiedzieć mu, że czas się pieprzyć?

"To dobry początek."

– Byłem sarkastyczny – westchnęła Lesley.

- Cóż, mimo wszystko to był dobry pomysł.

– Mówię poważnie, Marleno.

"Ja też. To nie musi być fizyka jądrowa. Mężczyźni uwielbiają seks. Czasami jest to takie proste. Załóż seksowną bieliznę, zrób mu gorącego loda i zaoferuj mu dziewictwo analne. Gwarantuję, że Rob się zakocha jeszcze raz." Do diabła, może nawet ponownie się z tobą ożenić.

Lesley milczał przez chwilę. Jej najlepsza przyjaciółka miała rację, bez względu na to, jak lubieżna się wydawała.

– Pomyślę o tym – powiedział Lesley.

- Jest coś, o czym mi jeszcze nie powiedziałeś.

"Co to jest?"

„Czy Rob kiedykolwiek prosił o seks analny?"

– Nigdy – odparł Lesley.

„Myślisz, że on tego chce? To znaczy, czy kiedykolwiek masował ci tyłek? Czy schlebia ci tyłek? Czy gapi się na twój tyłek?"

„Tak, na wszystkie powyższe. Myślisz, że to znak, że potajemnie chce uprawiać ze mną seks analny?"

– Możliwe – powiedziała Marlena. „Może tego chce, ale jest zbyt nieśmiały, by o to poprosić".

„Nie wiem. Gdyby Rob chciał seksu analnego, sam by o to poprosił".

– Może nie chce cię przestraszyć. Albo boi się, że pomyślisz, że jest jakimś zboczeńcem.

Lesley skinął głową. "Może."

Teraz ostatnie pytanie, o którym też nie wspomniałeś.

"Co to jest?"

„Czy kiedykolwiek wcześniej fantazjowałeś o seksie analnym?"

Boże, to było dobre pytanie. Lesley od razu znała odpowiedź, chociaż trochę wstydziła się o tym rozmawiać, nawet ze swoją najlepszą przyjaciółką ze wszystkich ludzi .

– Oczywiście, że tak – przyznał Lesley. - Ostatnio nie. Ale przyszło mi to do głowy. Myślę, że w pewnym momencie przeszło to przez głowę każdej dziewczynie.

– Więc co cię powstrzymywało przez te wszystkie lata?

"Co myślisz?"

"Powiedz mi."

– To nie jest skomplikowane – odparł Lesley. „Mówiąc wprost, fiuty są duże, a tyłki małe. W moim przypadku malutkie. To takie proste. Dlatego zdecydowałem się na ten krok. Nie jestem gumą. Jestem człowiekiem".

„Kochanie, w dzisiejszych czasach wiele kobiet uprawia seks analny. I wiele kobiet to lubi, bardzo".

"Włączając Ciebie?"

„Zdecydowanie ja".

Lesley uśmiechnęła się. „Chyba".

"Ponieważ?"

„Wyglądasz na typ analny. Bez urazy".

– Bez urazy – odparła Marlena. „Ból jest wart orgazmu".

„Czy to naprawdę takie przyjemne uczucie?"

– Mógłbym ci powiedzieć. Albo sam tego doświadczyłeś, w rocznicę z Robem.

Lesley zatrzymał się na chwilę. „Skąd mam wiedzieć, czy to jest dla mnie odpowiednie?"

Jest tylko jeden sposób, aby się o tym przekonać: zapytaj go.

# ROZDZIAŁ IV

Tej nocy. Za kilka dni ich rocznica Lesley zrobiła wszystko, co w jej mocy, aby być idealną żoną.

Miała na sobie ładną sukienkę i zrobiła obiad z przepisu, którego nauczyła się w Internecie. Oczywiście posiłek nie wyszedł zbyt dobrze, ale przynajmniej próbował.

Po relaksie na kanapie przed telewizorem przyszedł czas na spanie.

Całowali się namiętnie i Lesley rozpięła tył swojej sukienki. Gdy przygotowywali się do kochania, temat seksu analnego ciągle zaprzątał jej myśli. Tylko o tym mógł myśleć, kiedy się całowali.

Nie chciała psuć niespodzianki, ale nie mogła też nic na to poradzić. Musiałem tylko wiedzieć, czy Rob uzna to za dobry pomysł, czy nie. Najgorszym scenariuszem byłoby zaoferowanie mu seksu analnego w rocznicową noc, tylko po to, by się zdenerwował. Wtedy byłoby już za późno. Noc byłaby zrujnowana.

Więc musiałam zapytać teraz. Zakończyła pocałunek i spojrzała mężowi prosto w oczy.

– Myślałam – powiedziała. „Zbliża się nasza piąta rocznica, jak zapewne już wiesz".

"Jak mogłem zapomnieć?"

„Więc dlaczego nie zrobić czegoś specjalnego?"

Rob uśmiechnął się. — Masz coś na myśli?

To był moment prawdy i kiedy składała propozycję, starała się sprawiać wrażenie tak pewnej siebie, jak to tylko możliwe.

„Chcesz spróbować seksu analnego w naszą rocznicową noc?"

Jej oczy były utkwione w twarzy męża, czekając na jakąkolwiek reakcję, aby móc ją przeanalizować. Chciałem poznać wszystkie jego myśli i jego otwartość na nową przygodę seksualną.

Rzeczywiście, przez subtelne zmiany na twarzy Roba wydawało się, że jest zainteresowany tym pomysłem, a Lesley poczuła dziwną ulgę, jakby znalazła idealny prezent na ich rocznicę.

„Analny, co? Brzmi interesująco. Robiłeś to już wcześniej?"

Potrząsnęła głową. „Nie, nigdy tego nie robiłem".

– Czy to było coś, czego chciałeś od jakiegoś czasu?

– Długa historia – odparła. — Ale coś takiego.

Nadal się uśmiechał. „Po co czekać? Wyglądasz pięknie w tej czerwonej sukience i oboje jesteśmy w nastroju. Dlaczego nie zrobimy tego teraz?"

"Teraz?"

Cholera, pomyślał.

Nie byłam ani psychicznie, ani fizycznie przygotowana. Ale jaki jest problem? Jeśli Marlene mogła to zrobić z taką łatwością, Lesley też. Jak wspomniała Marlene, dziś robi to wiele kobiet.

Nadszedł czas, aby przestać być tchórzem i wreszcie stracić dziewictwo analne.

– Przyniosę wazelinę – powiedział z poczuciem samoobrony .

- Jesteś pewien, że chcesz to zrobić? Wyglądasz na tak... niespokojnego.

„Wszystko w porządku. Zaufaj mi, wszystko w porządku".

Potarł ramiona. „Nie przeszkadza mi, no wiesz, regularny seks. Nie musimy tego robić, jeśli nie czujesz się komfortowo".

Lesley cofnęła się i upuściła czerwoną sukienkę na podłogę.

„Mówię poważnie. Nic mi nie jest".

Była prawie w trybie robota, kiedy chwyciła w pobliżu mały pojemnik z wazeliną i podała go mężowi. Potem zrzuciła majtki i pochyliła się nad łóżkiem.

Nastrój nagle stał się zimny i nieromantyczny, jakby był w gabinecie lekarskim przygotowującym się do badania prostaty. Kiedy czekała w pochylonej pozycji, zdała sobie sprawę, że jej mąż musiał być oszołomiony dyskomfortem i że zapomniała być uwodzicielska podczas ich pierwszej analnej przygody.

Ale to już nie miało znaczenia. Rob miał lubrykant. A jej goły tyłek sterczał, gotowy do użycia.

Dźwięk otwieranej pokrywki wazeliny zdenerwował ją bardziej, niż się spodziewała. W głębi duszy czuła te same nerwy, co wtedy, gdy straciła dziewictwo. I pod wieloma względami było to samo. Znowu traciła dziewictwo, tyle że tym razem chodziło o dziewictwo tyłka.

Wstrząs przebiegł jej po plecach, kiedy poczuła pokryty wazeliną palec wskazujący Roba wbijający się w jej tyłek.

"Oh!" sapnęła.

Palec Roba natychmiast odsunął się od jej tyłu.

"Nic ci nie jest?"

"Nic mi nie jest."

— Chcesz iść naprzód? spytał.

" Oczywiście".

Rob spróbował ponownie, tym razem nieco delikatniej. Wepchnęła palec wskazujący z powrotem w pośladki i było to najbardziej nieprzyjemne doznanie seksualne, jakiego Lesley kiedykolwiek doświadczyła.

To było tak nienaturalne i niewygodne mieć nawilżony palec w pośladkach. Co gorsza, wydawało się to nieseksowne.

Gdy Rob wsunął palec do końca, palce Lesley oderwały się od dywanu, a jej ciało napięło się.

– Wyjmij to – rozkazał.

Rob cofnął palec i posłał żonie zmartwione spojrzenie, gdy ta się wyprostowała.

- To chyba był zły pomysł - powiedział.

„Nie, to dobry pomysł. Po prostu nie jestem teraz na to gotowy. To wszystko. Możemy spróbować ponownie później w naszą rocznicową noc".

Rob wyglądał na zmieszanego. "Czy chcesz spróbować ponownie?"

„Dlaczego ci się to nie podoba?"

- Nie wiem. Nawet nie byliśmy. Ale wyglądałeś tak nieswojo, kiedy mój palec był w twojej dupie.

Z jakiegoś powodu to tylko sprawiło, że Lesley była bardziej zdeterminowana, by uprawiać seks analny ze swoim mężem. Może dlatego, że dla obojga był to pierwszy raz. To byłoby jak wspólna utrata dziewictwa. Jego kutas w jej tyłku. Co za romantyczna myśl, w bardzo dziwny sposób.

- W takim razie załatwione - uśmiechnął się. „Seks analny w naszą rocznicową noc".

- Mówię poważnie, Lesly, nie musimy tego robić.

„I ja też mówię poważnie. Robimy to. Potrzebuję tylko trochę więcej czasu. W międzyczasie kochajmy się we właściwy sposób".

Przytulali się i całowali.

Lesley była rozczarowana sobą, że nie mogła ruszyć dalej. Uważała się za silną kobietę z powołaniem zawodowym, która potrafi pokonać każdą przeszkodę, ale anal? To było coś poza jego królestwem.

Zdecydowanie też nie chciała ufać Robowi, bo to mogłoby być niebezpieczne. Nie było mowy, żeby powierzyła swojego delikatnego, małego dupka niedoświadczonemu mężczyźnie z pół-dużym kutasem . To nie wchodziło w grę.

Nie. Potrzebował eksperta. Kogoś, kto wiedział, co robić w krytycznej sytuacji takiej jak ta.

Na szczęście wiedziałem, do kogo zadzwonić.

# SEXY EKSPERT NAJLEPSZY PRZYJACIEL

# ROZDZIAŁ V

Następnego dnia w biurze umysł Lesley był pochłonięty jej życiem seksualnym. Jedyne o czym mogłam myśleć to seks. I gdyby naprawdę mogła przejść przez bycie wziętym w dupę.

Siedząc przy biurku, wysłała SMS-a do swojej najlepszej przyjaciółki, która jest seksualnie doświadczona. Kiedy Marlene mogła rozmawiać przez telefon, Lesley udała się do łazienki na krótką chwilę prywatności.

Po wykonaniu telefonu i siedzeniu na desce sedesowej Lesley wyrzuciła wszystkie szczegóły. Opowiedziała Marlene o krótkiej rozmowie z Robem, jego usposobieniu i palcu, który wsadził jej w tyłek. Opowiedział Marlenie o wszystkich swoich uczuciach w sprawach osobistych.

– Nie rozumiem, jak normalna kobieta mogłaby to znieść? Lesley zastanawiał się.

„Jest rok 2022, kochanie, wiele takich kobiet".

- Jestem pewien, że to tylko po to, by zadowolić chłopca.

– Poczekaj – powiedziała Marlena. „Pozwól, że wyślę ci link. Sprawdź to, a potem zadzwoń".

„Czy to porno?" – zapytała Lesley, znając swoją najlepszą przyjaciółkę.

– Właściwie to jest.

- Załadujesz wirusa na mój telefon czy coś?

„Wątpliwe. Oglądam tę stronę cały czas na telefonie, kiedy powinienem być w pracy, a mój telefon jest w porządku".

Lesley westchnęła: „Prześlij to".

– Zadzwoń do mnie, kiedy skończysz szukać.

Lesley czekała na połączenie. To było nudne i samotne siedzenie w łazience i czekanie na link do porno. Była to smutna refleksja nad stanem jego życia osobistego.

W końcu dotarły trzy linki.

Lesley otworzyła pierwszą, która była linkiem do strony pornograficznej. Wideo było krótkim, profesjonalnie nakręconym klipem pokazującym kobietę ruchaną w odbyt przez wielkiego kutasa. Przewinął do przodu, widząc tylko główne części.

Drugi film miał tę samą treść.

Trzeci film był bardzo podobny.

Czuła się trochę zawstydzona, siedząc w toalecie, w swoim biurowym stroju, oglądając porno na telefonie, kiedy miała być w pracy. Kiedyś narzekała, kiedy mężczyźni to robili, teraz robiła to samo. Przynajmniej miał ku temu uzasadniony powód, pomyślał.

Po przejrzeniu tych klipów pornograficznych ponownie zadzwonił do Marlene.

— Tak myślałeś? – zapytała Marlene, odbierając telefon.

„Mam na myśli normalne kobiety. To są gwiazdy porno".

"Jaka jest różnica?"

„Gwiazdy porno to aktorki" — wyjaśniła Lesley. „Są stworzeni do seksu. To wszystko, co robią. I mogą spędzić cały dzień na kształtowaniu sylwetki i przygotowywaniu się do seksu. Ja pracuję w biurze. To co innego".

„Dobrze. Poczekaj. Zadzwoń do mnie za kilka minut. Pozwól, że najpierw pokażę ci coś innego".

"Poczekaj poczekaj..."

Rozmowa się skończyła i Lesley westchnęła. Czekał cierpliwie, w końcu dotarły dwa linki od Marleny.

Lesley kliknęła na pierwszą. Pochodził z tej samej strony porno, tyle że tym razem przedstawiała normalną parę zamiast gwiazd porno. Lesley patrzyła, jak przeciętnie wyglądająca gospodyni domowa uprawia seks analny w swojej sypialni z mężczyzną, prawdopodobnie jej mężem.

Następny film był podobny. Przedstawiał zwyczajnego (nieco nerdowatego) studenta college'u mającego orgazm analny, dzięki uprzejmości faceta z uniwersyteckiej drużyny piłkarskiej.

Lesley nie była obca porno. Oglądała z mężem softcore w telewizji kablowej. Od czasu do czasu oglądali ostre porno na żądanie, aby urozmaicić swoje życie seksualne.

Ale nigdy wcześniej nie widziałem amatorskiego porno. Dziwnie było patrzeć, jak „normalni" ludzie się pieprzą. To było jak bycie podglądaczem w jego życiu seksualnym. Jeszcze bardziej surrealistyczne było oglądanie filmów, na których te „normalne" kobiety uprawiają seks analny i absolutnie to uwielbiają.

Lesley zrozumiała sens filmów i oddzwoniła do swojej przyjaciółki.

— Dobra, rozumiem — powiedział Lesley. „Normalne kobiety też to potrafią".

– A ty jesteś normalną kobietą, prawda?

„Ostatni raz sprawdzałem".

– Więc dlaczego nie możesz tego zrobić?

Lesley westchnęła: „Nie mam pojęcia".

„Przepraszam, że brzmię jak protekcjonalna suka. Szczerze mówiąc, w tym momencie Rob prawdopodobnie ma rację. Może spróbuj czegoś innego? Zapytaj go, czy ma jakieś inne fetysze. Coś w tym musi być".

„Wolałbym raczej trzymać się całej sprawy analnej".

Rozpoczęło się poczucie związku Marleny. „Naprawdę. Dlaczego tak jest? Teraz zaczynam myśleć, że część ciebie naprawdę nie może się tego doczekać, bez względu na to, jak bardzo starasz się z tym walczyć".

„Myślę, że jest gorąco. Myślę, że Rob też uważa, że jest gorąco. I szczerze mówiąc, jestem trochę ciekawy. Zawsze byłem trochę ciekawy. To jedyna część mojego ciała, której nie eksplorowałem seksualnie. miło będzie zobaczyć, o co to całe zamieszanie".

- Wygląda na to, że mamy przed sobą ważną misję.

– Więc jesteś chętny do pomocy?

– Oczywiście, że jestem – odparła Marlena. - Nie ma mowy, żebym kiedykolwiek to przegapił.

— Jakieś pomysły, co robić?

„Właściwie, mam wiele pomysłów. Nigdy ci tego nie mówiłem, ale oprócz udzielania porad parom, jestem także terapeutą seksualnym".

„Teraz nie czas na żarty".

- Mówię bardzo poważnie - powiedziała Marlene z niezaprzeczalną stanowczością.

To wystarczyło, by przekonać Lesleya. „Dobrze, więc jak zaczniemy, zakładając, że będę mógł skorzystać z twoich seksualnych porad za darmo?"

„Moją zapłatą jest zobaczyć, jak masz potężny orgazm analny. Innymi słowy, muszę tam być i uczestniczyć, dobrze?"

- Chcesz pobawić się moim tyłkiem? - spytała Lesley z niedowierzaniem.

"UH Huh."

„Czy to coś w rodzaju lesbijek? A może opiera się wyłącznie na naszej wieloletniej przyjaźni?"

"Obydwa."

Brwi Lesley uniosły się. - Okej, to wcale nie jest dziwne.

- Tu chodzi o ciebie, dobrze? Chcesz mojej pomocy czy nie?

Lesley wzięła oddech. "Chcieć."

- W takim razie przejdźmy od razu do rzeczy, dobrze?

„Dobrze. Jak normalnie byś to postąpił? To znaczy, gdybym był klientem, zupełnie nieznajomym, co byś ze mną zrobił?"

- To zależy od tego, na co pozwolisz - odparła Marlene. „Może spotkałbym się z tobą sam na sam na przyspieszonym kursie analnym. A może zrobiłbym sesję dla par, podczas której pomogłbym twojemu mężowi odzyskać jego tyłek".

- Ty, Rob i ja w tym samym czasie? Trójkąt?

„To realna opcja".

"Czy to działa normalnie?" — zapytał Lesley.

"Zawsze. Ale dokładnie oceniam. Musi to być odpowiedni partner. Tylko ludzie, którzy są seksualnie pewni siebie i swojego związku. W końcu jako terapeuta i doradca seksualny ostatnią rzeczą, którą chcę zrobić, jest wbicie klina między para Zazdrość to bardzo niebezpieczna rzecz.

"Ciekawy."

— Jakieś przemyślenia?

„Rob zawsze żartował na temat trójkąta. Poza tym wiem, że uważa, że jesteś naprawdę ładna".

- Z tego, co widzę, skłaniam się ku trio – powiedziała żartobliwie Marlene.

"Coś jak."

„Jeśli to sprawi, że poczujesz się lepiej, technicznie rzecz biorąc, to nie jest trójkąt. Pamiętaj, będę w roli asystenta. To znaczy, że przygotuję twój tyłek do penetracji, a Rob zajmie się resztą".

„To faktycznie brzmi całkiem gorąco".

- Och, tak – odparła Marlena.

„Naprawdę robiłbyś coś z Robem?"

- Nie będę się z nim pieprzyć, jeśli tego się boisz.

— Więc co ? — zapytał Lesley.

„Jak powiedziałem, przygotuję ci tyłek. Nasmaruję cię i zacznę od lekkiego rozciągnięcia. Potem, mówiąc wprost , Rob cię zaraz potem zerżnie".

„Brzmi... cóż... żądny przygód".

- Tak – przyznała Marlena. – Ale być może będę musiał trochę dotknąć Roba, jeśli będę musiał. Wprowadzę jego penisa do twojego tyłka, żeby upewnić się, że nie będzie to zbyt bolesne. Penetracja analna wymaga penisa w pełni wyprostowanego, więc jeśli nie jest wystarczająco wyprostowany, mogę trzeba to jakoś stymulować. Najprawdopodobniej ustami".

- Więc zamierzasz zrobić mojemu mężowi loda?

„Tylko jeśli to konieczne".

„To uspokajające".

„Hej, zadzwoniłeś do mnie. Nie zapomnij. Pomagam ci w jedyny sposób, jaki znam. Bazując na moim doświadczeniu, wykonuję w tym całkiem niezłą robotę".

Lesley westchnęła: „Dziękuję, naprawdę. Mówię poważnie, jesteście najlepsi".

„Jeszcze mi nie dziękuj. Możesz mi podziękować po pierwszym orgazmie analnym".

„To wszystko brzmi jak idealne doświadczenie seksualne z okazji rocznicy. Ale przyznaję, jest to bardzo zniechęcające".

„Zawsze tak jest. I nie jest dla każdego".

„Chciałbym spróbować" – powiedział Lesley. „Jestem zainteresowany. Naprawdę".

„Musisz być absolutnie pozytywny, inaczej nie możemy iść dalej. Nasza przyjaźń jest zbyt ważna. Nigdy nie chciałbym zrujnować twojego małżeństwa".

„W takim razie będę musiał zapytać Roba i zobaczyć, co on o tym sądzi".

Marlene roześmiała się. „Co Rob powie? Nie? Oczywiście, że sobie z tym poradzi. On nie będzie mnie pieprzył. On cię pieprzy".

– To prawda, ale mimo to lepiej do niego zadzwonię i zobaczę, co myśli.

"Mam lepszy pomysł."

"Który to jest?"

– Zadzwonię do Roba – powiedziała Marlene. „Załatwię z nim sprawy, a potem będzie to dla ciebie jak niespodzianka. Nie chcę, żebyś się tym stresował. Pierwszą zasadą seksu analnego jest relaks. A to obejmuje relaksację psychiczną" . ".

- To ma sens. Zadzwonisz do niego teraz?

– Tak, i będę potrzebował jeszcze jednej rzeczy od ciebie.

"Co to jest?"

– Potrzebuję zdjęcia tego, nad czym pracuję – powiedziała Marlene. „Wyślij mi zdjęcie swojego gołego tyłka i wyraźne zdjęcie tyłka. Natychmiast".

„Chcesz, żebym zaczął uprawiać seks w pracy?"

– To nie seksting – upierała się Marlene. „Jest to wstępne przygotowanie do ważnej i delikatnej procedury medycznej dotyczącej zdrowia małżeńskiego i dobrego samopoczucia seksualnego".

„Marlene, to seksting".

„Nazywaj to, jak chcesz. Potrzebuję tych zdjęć, aby określić, jak kontynuować proces analny".

„Innymi słowy, chcesz wiedzieć, jak mały jest mój odbyt" – wyjaśniła żartobliwie Lesley.

"Dokładnie."

– Dobrze – westchnęła Lesley. – Za chwilę go prześlę.

„Idealnie. W międzyczasie zadzwonię do Roba, żeby ustalić szczegóły. Mam co do tego świetne przeczucia".

- Ja też. To zdecydowanie najbardziej perwersyjna i szalona rzecz, jaką kiedykolwiek zrobiłem, ale z jakiegoś powodu myślę, że to zadziała.

– To dlatego, że jestem w tym ekspertem – zapewniła Marlene.

Dwaj przyjaciele powiedzieli pożegnalne słowa i połączenie zostało zakończone.

Lesley wstała z deski klozetowej i długo przejrzała się w lustrze. Nigdy wcześniej nie robiła nagich zdjęć, ale jeśli kiedykolwiek był ku temu dobry powód, to właśnie ten.

Zdjęła biurową spódnicę i majtki i położyła je na blacie. Stała sama w zapinanej na guziki bluzce i butach. Była naga od pasa w dół. Mówiąc o modzie, wyglądanie w ten sposób było bardzo dziwną kombinacją, zwłaszcza w biurowej łazience wszystkich miejsc.

Po odwróceniu się, jej tyłek był skierowany w stronę lustra, a także skierowała aparat telefonu w lustro. Zrobiła zdjęcie swojego odbicia w tyłku i było to oficjalnie pierwsze nagie zdjęcie, jakie kiedykolwiek zrobiła.

Potem pojawił się najbardziej niewygodny obraz. Myślał o tym, jak zrobić zdjęcie swojego odbytu, i wtedy wpadł na rozwiązanie. Przykucnął i schował telefon między nogami, pod ciałem. Gdy znalazł się we właściwej pozycji, zrobił zdjęcie.

Wstała i spojrzała na obraz swojego odbytu. Pierwszy raz widziała go tak wyraźnie. Zauważył jasnobrązowy kolor, kształt i linie jej odbytu. Zdecydowanie wyglądał na malutkiego, a wzięcie kutasa Roba miało być wyzwaniem. Na szczęście Marlena wiedziała, co robić.

Lesley wysłała Marlene tekst z wyraźnymi obrazami i nagle sytuacja weszła na zupełnie nowy poziom.

# ROZDZIAŁ VI

Tej nocy, kiedy Lesley i jej mąż tulili się przed telewizorem, myślała tylko o seksie analnym, który wkrótce dostanie io tym, jak Rob się z tym czuje.

Nawet przy całej akcji w Game z Thrones , który jest ulubionym programem telewizyjnym Roba, Lesley wciąż zadawała sobie te same pytania. Zwłaszcza, że ani Rob, ani Marlene o niczym nie wspomnieli. Lesley zastanawiała się, czy Marlene dzwoniła do Roba, czy nie. Był tylko jeden sposób, aby się o tym przekonać.

– Czy Marlena dzwoniła do ciebie dzisiaj?

- Tak - powiedział Rob niezwykle nieśmiałym tonem.

"I?"

- I myślę, że czeka cię specjalna uczta - powiedział z lekkim uśmiechem, który najwyraźniej starał się powstrzymać.

Lesley była na wpół wściekła, że pozostawiono ją w niewiedzy na temat wyniku jej własnego tyłka. Potrzebowała odpowiedzi, a było jasne, że ani Rob, ani Marlene ich nie udzielą.

„Czy możesz przynajmniej dać mi podgląd? Czego mam się spodziewać?"

– Obiecałem, że nie powiem.

– Jesteś tego absolutnie pewien? – powiedziała Lesley zbyt uwodzicielskim głosem, jakby to miało zadziałać.

„Jestem absolutnie pozytywny".

Lesley znów zrobiła seksowny głos. „Proszę, kochanie? Zrobię to moim językiem. Wszystko, co musisz zrobić, to dać mi wskazówkę".

- Poczekam - uśmiechnął się. – Po prostu mi zaufaj. Marlene ma dla nas coś specjalnego.

"Myślisz?" Lesley odpowiedziała swoim normalnym głosem.

„Wierzę, że tak. Dał mi kilka wskazówek przez telefon. I powiedział mi, co planuje z tobą zrobić. Szczerze myślę, że to doda coś wyjątkowego do naszego życia seksualnego. Coś, czego nigdy wcześniej nie robiliśmy".

To było co najmniej intrygujące. W głębi duszy pojawiła się odrobina zazdrości.

– Ją też zamierzasz przelecieć? – zapytała Lesley miękkim kobiecym tonem.

Poklepał ją po udzie. - Oczywiście, że nie. Nie bądź głupia.

– Więc jaki jest ten wielki sekret?

– Wkrótce się dowiesz – odparł, po czym wskazał na telewizor. „Brakuje ci najlepszych części".

Powiedziawszy to, Rob skierował swoją uwagę z powrotem na telewizor. W międzyczasie Lesley skupiała się na swoim tyłku, który miał wkrótce zacząć boleć.

# PIERWSZY RAZ

43

# ROZDZIAŁ VII

Był sobotni poranek, co oznaczało, że żadne z nich nie musiało iść do pracy.

Lesley postępowała zgodnie z instrukcjami, które Marlene wysłała jej e-mailem poprzedniej nocy. Instrukcje dotyczyły głównie czystości i piękna.

Wziął miły, długi prysznic z mydłem. Szczególny nacisk położono na oczyszczenie jej odbytu i odbytnicy. Lesley zastosowała się do specjalnych instrukcji pod prysznicem. Dla pewności zrobiła to dwa razy.

Po prysznicu Lesley usiadła przed lustrem w swojej kosmetyczce z asortymentem produktów kosmetycznych. Nie spieszyła się, starając się wyglądać bardziej atrakcyjnie, niż już była. Równie duży nacisk położono na jej włosy.

Zanim skończył, profesjonalnego pracownika biurowego już nie było. To była nowa Lesley, przyjazna seksowi analnemu. I wyglądała tak pięknie jak zawsze.

Uzupełniła swój wygląd pasującym białym stanikiem i majtkami, a następnie białym peniuarem.

Wszystko co robił było zgodne z radą Marleny z maila.

Skoro już o tym mowa, zadzwonił dzwonek do drzwi. 10:00 Dokładnie na czas.

Lesley i Rob poszli razem otworzyć frontowe drzwi. Była tam Marlene, seksualnie oświecona terapeutka związków, z bezczelną fryzurą i dwiema torbami na zakupy.

Marlene podniosła torby i uśmiechnęła się: „Czy jesteśmy gotowi do drogi?"

Nagle to, co wydawało się zwykłym sobotnim rankiem, stało się początkiem czegoś wyjątkowego.

# ROZDZIAŁ VIII

Para czekała z niepokojem w swojej sypialni, podczas gdy Marlene przygotowywała się w łazience. Jedna z toreb, które przyniosła Marlene, była przeznaczona na jej specjalny strój. W końcu nie mogła wyjść publicznie ubrana, jakby była gotowa na spotkanie analne.

Ale to rodziło pytanie, co było w drugiej torbie? Wkrótce mieli się dowiedzieć.

Kiedy drzwi łazienki się otworzyły, zarówno Lesley, jak i Rob byli zszokowani widząc przemianę Marleny.

Zwykłe ubrania Marleny zniknęły. Zamiast tego była boso w czerwonym szlafroku, podobnym do tego, który nosiła Lesley. Marlene wykonała również makijaż w stylu glam, a także uczesała.

"Jesteśmy gotowi?" – zapytała Marlene, przybierając figlarnie seksowną pozę.

Lesley była trochę zazdrosna o sekrety urody i rutynę ćwiczeń swojej najlepszej przyjaciółki. Zanotował sobie w pamięci, żeby później poprosić o radę.

— Gotowy, jak tylko się da — powiedział Lesley.

Rob zgodził się.

„Pierwszym krokiem jest przygotowanie się" – powiedziała Marlene. „Oczywiście już to zrobiliśmy, razem z niezbędnym czyszczeniem. Teraz następnym krokiem jest zapewnienie ci komfortu, a ja cię zrelaksuję".

Lesley poczuła, jak jej cipka się kurczy.

"Jestem gotowy."

Marlena rozejrzała się po sypialni. Następnie położył ręcznik na małżeńskim łóżku pary, starannie go rozkładając.

– Zanim położysz się do łóżka – powiedziała Marlene. „Pewnie zastanawiasz się, co jest w drugiej torbie".

Lesley skinął głową. — Mam całkiem niezły pomysł.

„To zestaw analny, którego użyjemy".

„Brzmi groźnie".

Marlene sięgnęła do torby i wyciągnęła małe różowe dildo. „Niezupełnie. To głównie kilka drobiazgów i dużo lubrykantu. Wystarczająco, by przygotować cię na późniejszą penetrację Roba".

„Zaczynam mieć motyle w brzuchu".

– W takim razie lepiej zaczynajmy.

Lesley i Rob mocno się przytulili, po czym nastąpiła seria pocałunków w usta. To było prawie jak pożegnanie. Ale tak naprawdę było to powitanie czegoś nowego w ich związku.

– Zdejmij majtki – powiedziała Marlene.

Lesley sięgnęła w dół i zdjęła majtki, wyrzucając je. Była naga od pasa w dół, cienki szlafrok zakrywał jej pośladki i cipkę, ale to nie potrwa długo.

Wszedł na łóżko dokładnie tak, jak poleciła Marlene. Z kolanami na ręczniku i twarzą przyklejoną do łóżka. Jej tyłek był w powietrzu i była bardzo świadoma, że jej tyłek i cipka były całkowicie odsłonięte przed jej najlepszą przyjaciółką i mężem.

To był niezręczny moment. Pod wieloma względami Lesley czuła się jak wizyta u lekarza. Z wyjątkiem tego, że zamiast typowego egzaminu na ginekomastię, wkrótce zastąpiłoby go głębokie lanie w dupę. Ale najpierw byłaby gra wstępna. Boże, jaka gra wstępna? Lesley pomyślał.

Czyjeś ręce potarły tyłek Lesley. Żadna ręka. Delikatne kobiece dłonie. Takie, jakie posiadała tylko Marlene.

O Boże, zaczyna się.

- Oto twoja niespodzianka - powiedziała Marlene. „Wiem, że dręczyłeś Roba moimi planami. Cóż, oto jest. Myślę, że dobry kobiecy rimming to najlepszy sposób na stymulację analnych dziewic. A teraz zrelaksuj się".

O Boże, czarny pocałunek. Od Marleny?

Zanim Lesley zdążyła powiedzieć słowo, poczuła, jak miękkie dłonie rozszerzają jej pośladki. Wiedziała, że jej odbyt jest szeroko otwarty, aby jej mąż i Marlene mogli zobaczyć.

Potem pojawił się język. O Boże, język. Jej mały brązowy odbyt był lizany przez jej najlepszą przyjaciółkę. Lizał w górę iw dół. Lizał z boku na bok. Lizał na wszystkie strony. Potem przyszły pocałunki. Potem znowu lizanie. Potem jeszcze kilka pocałunków w jej odbyt.

Obręcz nigdy nie znajdowała się na seksualnej liście życzeń Lesley, ale była bardzo zadowolona, że to poczuła. Gdyby wiedziała, że to jest takie dobre, poprosiłaby Roba, żeby to zrobił lata temu, w noc poślubną.

Teraz była tutaj, na kolanach, twarzą w dół, podczas gdy jej najlepsza przyjaciółka lizała jej tyłek. Zawsze wiedział, że Marlene była bardzo seksualną osobą i ekspertem w sprawach seksualnych, ale to? Nie mógł wiedzieć, że Marlene była ekspertem w uprawianiu seksu oralnego z kobiecym odbytem. Technika, którą wykonywała Marlene, była po prostu zbyt piękna, aby była prawdziwa.

Potem przyszedł ostatni element rimmingu. Język Marleny wszedł. Boże, wszedł. Lesley poczuła, jak jej odbyt się ślini, ślina spływa po jej tyłku do otworu odbytnicy.

To było trochę łaskoczące, ale przede wszystkim wspaniałe, stymulujące zakończenia nerwowe, o których istnieniu nie wiedziałem.

– Mój Boże – jęknęła Lesley, leżąc twarzą do łóżka. – Ten twój język... mój Boże.

Marlena zatrzymała się na chwilę. „Dlatego płacą mi dużo pieniędzy".

I po tym Marlene kontynuowała lizanie odbytu. Jego język lizał pierścień odbytu, podążał za wejściem do odbytnicy, po czym zatrzymał się.

„Czy jesteś gotowy na kolejną fazę lizania?" – zapytała Marlene, wciąż trzymając otwartą pupę.

"Jest więcej?" – zapytała Lesley, wciąż twarzą w dół.

„Tak. Nadchodzi. Teraz zrelaksuj się, kochanie".

Marlene powiedziała coś do Roba, co było tak krótkie i krótkie, że Lesley nie mogła tego usłyszeć. Słyszał tylko odgłos szurania. Nie widziałam go, ponieważ jego twarz leżała na łóżku. Jasne, mogła po prostu się odwrócić i popatrzeć, co robią, ale po co zawracać sobie głowę? Uwielbiała niespodzianki i czekała na nią specjalna niespodzianka ustna.

Następną rzeczą, o której wiedziała Lesley, było to, że Rob lizał jej cipkę od dołu. Tymczasem Marlena wróciła do swoich obowiązków związanych z rimmingiem.

Lesley doświadczyła całkowitego oralnego ataku na swoją cipkę i odbyt w tym samym czasie przez ludzi, których najbardziej kochała.

Jej oczy rozszerzyły się, a usta wykrzywiły, gdy wydała z siebie krótki jęk. To była podwójna przyjemność oralna. Rob ssał jej cipkę jak nigdy dotąd. Marlene przyspieszyła tempo lizania odbytu.

W głębi duszy Lesley przeklinała samą siebie, że nie zrobiła tego wcześniej. O Boże. Była 33-letnią dziewczyną, miała dużo czasu w swoim życiu, aby nadal cieszyć się podwójnym seksem oralnym.

Poczuła zbliżający się orgazm, gdy Rob skupił swój język na jej łechtaczce. To był dokładnie taki sposób, w jaki Lesley lubiła lizać swoją cipkę. Zacznij od środka, a następnie orgazm ze stymulacją łechtaczki.

– O Boże – jęknęła Lesley z twarzą w dół, wywracając oczami. – Myślę, że jestem już blisko.

Marlena na chwilę cofnęła język. „Dziewczyno, idź na całość".

Z tym Rob nadal lizał łechtaczkę szybciej, a Marlene wykonała ustny wir wewnątrz dziewiczego odbytu.

Lesley wywołała orgazm dla historii.

Krzyknęła głośno, a jej ciało napięło się. Dzięki Bogu niedawno kupili dom, w którym mogli mieć trochę prywatności. W jej starym mieszkaniu krzyk podobny do krzyku Lesley z pewnością zwróciłby uwagę sąsiadów i być może policji.

Teraz, w zaciszu własnego domu, Lesley mogła odpuścić sobie wszystko. Jej cipka i odbyt otrzymały potężną stymulację oralną, co doprowadziło do potężnego mokrego orgazmu.

Kiedy skończył, Rob odsunął się spod jej cipki, a Marlene usunęła jego język.

Lesley opadła na łóżko, przemoczona i mokra, z uśmiechem po orgazmie na twarzy.

– Rob miał rację co do ciebie – powiedziała Marlene, podziwiając swoją najlepszą przyjaciółkę z gołym tyłkiem. — Jesteś całkiem głupi.

– Cholera... – jęknęła.

„Dziewczyno, jesteśmy dopiero w połowie drogi. Kluczem do dobrego seksu analnego jest nawilżenie i podniecenie. Powiedziałbym, że jesteś bardziej podniecona. I jesteś bardzo dobrze nawilżona moją śliną. Ale wciąż mamy wiele do zrobienia Do."

"Nadal?" jąkała się.

„Tak, a teraz wracaj na swoje miejsce, leniwa suko".

Marlene dała swojej najlepszej przyjaciółce potężnego klapsa w tyłek. To wystarczyło, by sprowadzić Lesley z powrotem na kolana z uniesionym tyłkiem.

Podczas gdy jej umysł wciąż kręcił się po intensywnym orgazmie, jej twarz była przyciśnięta do prześcieradła i poczuła, że jej pośladki znów się otwierają. Tym razem ręce były znacznie silniejsze, co oznaczało, że to Rob trzymał szeroko otwartą dupę Lesley.

Co oznaczało, że Marlene miała obie ręce wolne.

Nagle Lesley usłyszał znajomy dźwięk otwieranej butelki z lubrykantem.

Następnie Lesley poczuła, jak małe różowe dildo zostaje wepchnięte w jej pośladki. Miał zaledwie kilka cali długości, ale w jego malutkim tyłku wydawał się ogromny. Różowe dildo było wsuwane i wysuwane.

Zdjęli go, pozostawiając wrażenie ziewania na pupie Lesley.

Potem coś nieco większego zostało przyciśnięte do jego dziurki. Kolejne dildo z torebki Marleny. Został pchnięty mocniej, wchodząc do dziewiczej dziury. Kontynuując pchanie, Lesley wiedziała, że ta zabawka jest znacznie dłuższa (i grubsza), przez co sprawia wrażenie bardziej rozciągniętej.

Czuła, jak pierścień w jej odbycie i odbytnicy jest przesuwany do granic możliwości. Potem pozostał na swoim miejscu, dając jej dupkowi czas na przyzwyczajenie się do czegoś, co pasuje do jej tyłka.

Następnie usunięto największe dildo, pozostawiając wrażenie otwartej dupy w jej delikatnej dupie.

Nagle w tle rozległy się odgłosy ssania/siorania. Lesley potrzebowała sekundy, by zdać sobie sprawę, że Marlene prawdopodobnie ssie kutasa Roba, sprawiając, że staje się twardy i nasmarowany przed seksem analnym. Ta suka, pomyślała Lesley.

Odgłosy ssania ustały.

- Wszystkiego najlepszego z okazji rocznicy, dziewczyno - powiedziała Marlene drażniącym głosem.

– Wszystkiego najlepszego, kochanie – powiedział Rob.

Tym razem Lesley poczuła coś innego przyciśniętego do jej tyłka. To było twarde, ale było miękkie w dotyku. Nie było co do tego pytania. To był kutas Roba. Jej mąż miał zamiar zerżnąć ją w dupę.

Zacisnęła prześcieradło i przygotowała się na to, co miało nadejść.

Rob naciskał. Jego kutas wszedł. Penetracja była powolna i płynna. Czuł się prawie jak ekspert, który ją penetrował, chociaż nie wiedziałaby o tym, ponieważ nigdy wcześniej nie była ruchana w dupę.

Potem zdała sobie sprawę, że chodziło o radę, której Marlene udzieliła Robowi. Dlatego Rob był w stanie tak łatwo zerżnąć ją w dupę. Było to również zasługą stymulacji odbytu i orgazmu, które dała mi Marlene.

Wszystko działało idealnie. Średniej wielkości kutas Roba był w stanie spenetrować jej odbyt bez żadnego wysiłku, mimo że jej tyłek wydawał się bardzo pełny.

W końcu wszedł do końca i Rob pochylił się do maleńkiej odbytnicy swojej żony.

„Zgadza się, dziewczyno", powiedziała Marlene, która ruszyła się, by czule pogłaskać włosy Lesley. „Trudna część się skończyła. Jest w pełni. Teraz baw się dobrze i ciesz się orgazmem, który następuje".

Besties trzymali się za ręce i patrzyli sobie w oczy, gdy Rob powoli cofał swojego kutasa, a potem pchał.

– Och... – westchnęła Lesley. "Bóg..."

„Uspokój się, dziewczyno. Świetnie sobie radzisz".

Pulsujący kutas w jej tyłku powtórzył jej ruch. Rob szarpnął się do tyłu, po czym pchnął jeszcze raz, tym razem trochę mocniej, co Marlene prywatnie poleciła mu zrobić wcześniej.

Przyszły kolejne pchnięcia. Z każdym pchnięciem ciało Lesley zapadało się coraz bardziej w łóżko. Jego twarz przycisnęła się bliżej prześcieradła. Łóżko zakołysało się. Jego włosy falowały z boku na bok. Jej małe piersi kołysały się.

Wkrótce Lesley została totalnie pobita. Łóżko się zatrzęsło i Lesley zaczęła płakać.

- Już dobrze, kochanie - powiedziała Marlene uspokajającym tonem, ocierając łzy. „Tak dobrze ci idzie. Twój tyłek jest do tego stworzony. Będziesz uzależniona od ruchania w dupę, zanim twój mąż skończy".

Lesley zastanawiała się, jak to może być prawdą, skoro jej tyłek nadal był orany. Bolało, ale było też dobrze. To było jak idealny kontrast bólu i przyjemności. Była rozciągana nie do uwierzenia. Ale także jej zakończenia nerwowe w odbytnicy były stymulowane w sposób, który nie wydawał jej się możliwy.

– O mój Boże – wrzasnęła Lesley. "Mój tyłek!"

Łzy płynęły po twarzy Lesley, gdy walenie trwało. Mogła poprosić, żeby przestał. Mogłem błagać, żeby to się skończyło. Ale nie zrobił tego. Zapuszczał się w nowe terytoria swojego ciała. Doświadczał nowych rzeczy ze swoją seksualnością. I kochała każdą sekundę tego.

Nadal bolało jak cholera. Ale była w tym niezaprzeczalna satysfakcja. Marlene wyczuła przyjemność odczuwaną przez Lesley i lekko skinęła Robowi, co było dla niej wskazówką.

Nagle Rob zaczął pieprzyć się na pełnych obrotach. Lesley krzyczała głośno, łzy spływały jej po twarzy, gdy jej delikatny, mały tyłek był orany z siłą, z którą nie wiedziała, że może sobie poradzić.

"O Boże!!!!" płakała z przyjemności.

Więc przyszła. Przyszła drugi raz tego ranka. To był inny orgazm niż wcześniej. Nie było gładko i przyjemnie.

Nie. To było surowe. Czysty. Dziki. To był orgazm, który pochodził z jej pierwotnego pożądania. I zrobił wielki bałagan w całym miejscu.

Dzięki Bogu Marlene położyła ten ręcznik na łóżku.

Orgazm był tak intensywny, że Lesley nie zdawała sobie sprawy, że Rob już wytrysnął w jej odbycie, zalewając jej małą dziurkę.

Po raz drugi tego ranka Lesley leżała twarzą do ziemi, zwinięta na łóżku, z odsłoniętym tyłkiem.

Zarówno Rob, jak i Marlene podziwiali jej pracę: oszołomiona Lesley, leżąca w czystej błogości orgazmu, całkowicie mokra między nogami.

# EPILOG

Kiedy Lesley wróciła z pracy do domu z małą torbą na zakupy w jednej ręce i torebką w drugiej, była w świetnym humorze.

Zostawiła torbę przy schodach i podeszła do męża w kuchni, który również był w swoim roboczym ubraniu.

– Przepraszam, trochę się spóźniłam – powiedziała, całując Roba w usta, wciąż trzymając małą torbę na zakupy.

"Co to jest?"

Uśmiechnęła się, wyciągając torebkę. „To... to uroczy mały prezent, który dała mi Marlene. Jakiś czas temu piliśmy kawę".

Lesley wyciągnęła małą buteleczkę i rzuciła torebkę na kuchenny blat. Butelka była przezroczysta i zawierała przezroczysty ciekły płyn. Ale to, co najbardziej wyróżniało się w butelce, to to, że wyraźnie stwierdziła, że jest przeznaczona wyłącznie do celów analnych.

W rzeczywistości substancja w butelce została stworzona specjalnie do seksu analnego. Był to nowy produkt stworzony, aby seks analny był o wiele łatwiejszy.

– O mój Boże – powiedział, unosząc brwi.

„Twój kutas. Mój tyłek. Teraz".

Lesley podała butelkę mężowi. Odwróciła się i zdjęła majtki, rzucając je na podłogę. Rozłożyła nogi i pochyliła się, podnosząc tył biurowej spódnicy. Następnie położyła ręce na kuchennym blacie, wskazując tyłkiem.

Gdy Rob wlewał jej nową butelkę lubrykantu do odbytu, Lesley wyjrzała na ogród. To był piękny dzień i słońce zachodziło. Zrozumiała, jaką jest szczęśliwą kobietą. Wyszła za mąż za miłość swojego życia i znaleźli sposób, aby przenieść swoje życie seksualne na wyższy poziom. Miała też idealnego najlepszego przyjaciela, dzięki któremu to wszystko stało się możliwe.

Życie było dobre.

Proste pchnięcie i kutas Roba wszedł w jej mały dupek. W tym czasie Lesley przyzwyczaiła się do rozciągania jej tyłka przez jego kutasa. Tym razem wydawało się to łatwiejsze. Marlene miała rację, ta nowa butelka lubrykantu była niesamowita, co oznaczało, że w przyszłości Lesley będzie dużo więcej seksu analnego.

# WĄSKA DZIURA W TYŁKU

# ROZDZIAŁ I

Kutas Dicka powoli wszedł do pomarszczonego, nawilżonego odbytu Samanty, a potem wyszedł w tym samym tempie. Zmysłowa scena powtórzyła się kilka razy, a ciepło jej wąskiego kanału szybko sprawiło, że zapragnął więcej. Próbując zignorować swój brak kontroli nad rozpaczliwie małą prędkością, skupił się na swojej żonie, gdy poruszała swoim tyłkiem w górę iw dół na jego długości. Z nadgarstkami i kostkami przykutymi do łóżka, nie miała innego wyjścia, jak zaakceptować nowość bycia wykorzystaną jako zabawka erotyczna.

Niezwykły obrót wydarzeń rozpoczął się dzień wcześniej. Gdy był w drodze do pracy, telefon komórkowy Dicka zadzwonił dokładnie o 7:10 rano, zgodnie z oczekiwaniami. Nawet bez sprawdzania identyfikatora dzwoniącego wiedział, że to jego żona dzwoniła każdego ranka o tej samej porze.

Odbierając połączenie bez użycia rąk, Dick ciepło przywitał Samanthę,

"Cześć kochanie."

"Hej! Tęsknisz już za mną?" Głos Samanthy był pełen humoru, ponieważ rozstali się dopiero godzinę wcześniej.

Dick prychnął,

„Oczywiście! Czytałeś już jakieś dobre opowiadania?"

Podczas porannych ćwiczeń Samantha lubiła czytać historie na swoim ulubionym blogu z literaturą erotyczną. Wybrała kategorie „Anal" i „BDSM" i miała nadzieję codziennie znajdować nowe odkrycia. Jeśli ktoś go łaskotał, opowiadał Dickowi bardzo szczegółowo , podczas jego osobnych podróży do pracy.

„Właściwie przeczytałam naprawdę gorącą historię„ Analną "- powiedziała tęsknie. „Mąż związał swoją żonę za karę, a potem dał jej naprawdę mocną jazdę w dupie. To mnie bardzo podnieciło".

Chwytając jej niezbyt niejasną aluzję, Dick powiedział miękkim tonem,

"Oh naprawdę".

„Wiesz... minęło trochę czasu, odkąd mieliśmy czas grać w jakieś perwersyjne gry. I... cóż... ostatnio byłam bardzo niegrzeczną dziewczynką. Jestem prawie pewna, że zasługuję na karę" Starając się brzmieć skruszona, udało jej się wyglądać na zbolałą.

Samantha naprawdę kochała seks analny, co było błogosławieństwem dla Dicka. Problem polegał na tym, że krzyczała jak diabeł podczas orgazmu analnego. Ponieważ nastoletnie dzieci wciąż były w domu, ich szanse na uwolnienie się były niewielkie.

Wiedząc, że jego żona desperacko pragnie perwersyjnego seksu, Dick bez wahania przyjął jej niezbyt subtelne zaproszenie. Ona miała rację; minęło dużo czasu, odkąd cieszyli się dziką nocą. Prawdę mówiąc, był zaskoczony, że tak długo zajęło mu zaproponowanie sekretnej randki i całkowicie zgodził się z kierunkiem ich rozmowy.

Odpowiadając na oczywiste życzenie Samanthy, Dick wykonał swoją część. „Będę sędzią, czy naprawdę zasługujesz na karę. A teraz powiedz mi, co zrobiłeś" – powiedział autorytatywnym tonem.

„Cóż, po pierwsze, tak się składa, że teraz przyspieszam," Samanta wiedziała, że to słaby wysiłek, ale to był dopiero pierwszy rzut.

Dick westchnął, rozczarowany. — Codziennie się spieszysz. To naprawdę nie jest warte kary.

„Och", nie zważając na swój błąd, była gotowa do drugiego rzutu. „Cóż, pożyczyłem 30 dolarów z twojego portfela, zanim poszedłem do pracy".

Dick zachichotał. „Ok... bez wielkiej niespodzianki. Przez większość dni czuję się jak twój osobisty bankomat. Czy to wszystko?" – zapytał, oczekując więcej od swojej zaradnej żony.

Zostawiając najlepsze na koniec, Samantha była przekonana, że jest o krok od sukcesu,

„ Okazuje się więc , że Morrisonowie zaprosili nas na kolację w piątek wieczorem, a ja powiedziałem, że z chęcią weźmiemy w niej udział".

Przez kilka chwil panowała śmiertelna cisza, podczas gdy Dick przetwarzał niechciane wiadomości. Doskonale wiedziała, że nie lubił spędzać czasu z Morrisonami. Chociaż żona była serdeczną przyjaciółką Samanthy, mąż był społecznie niezręczny.

– Maleńka – powiedział Dick, odchrząkując głośno – naprawdę zasługujesz na karę za to. Pozwól mi zobaczyć, co mogę zrobić, aby zwolnić miejsce w moim harmonogramie jutro po południu.

Kiedy Dick użył swojego pseudonimu zabawki erotycznej, cipka Samanthy zacisnęła się. Bycie na łasce jej męża, podczas gdy on używał jej ciała dla przyjemności, było najbardziej ekscytujące. Na szczęście było gotowe do południa następnego dnia, co było idealną porą.

Oszołomiona sukcesem Samantha ledwo powstrzymywała radość,

„O rany! Um, to znaczy... o nie! Cóż, będę musiał przyjąć każdą karę, którą uznasz za odpowiednią do przestępstwa. Ale ostatnio mój tyłek czuł się naprawdę źle, będąc pominiętym".

Zdenerwowany zbliżającą się kolacją z Morrisonami, Dick postanowił drwić z żony w ramach częściowej zemsty.

- Może twoją karą jest rezygnacja ze stosunku analnego - zażartował poważniejszym tonem.

Oszołomiona Samantha praktycznie się zakrztusiła.

„Kochanie, kara musi zawsze obejmować anal!"

„Nie jesteś w stanie stawiać żądań, Maleńka". Dick utrzymał swoją udrękę z krzywym uśmiechem na twarzy. „Wezmę pod uwagę twoją prośbę, ale nie licz na to, że ujdzie mi to na sucho. To było dość poważne wykroczenie. Teraz biorę się do pracy. Porozmawiamy później".

Zniechęcona Samantha odpowiedziała:

"Kocham cię".

– Ja też cię kocham – Dick odłożył słuchawkę, zadowolony z siebie, że podarował go swojej żonie.

W swoim samochodzie Samantha była przerażona obrotem wydarzeń. Jej sprytny plan wywołania ostrej sesji analnej nagle się wykoleił.

Z pewnością Dick musi wiedzieć, jak bardzo chciał perwersyjnej sesji z twardym tyłkiem!

Zakładając, że uda jej się przekonać go do posłuszeństwa, Samantha szybko obmyśliła plan, by dać mu trochę Margaritty. Nie było sposobu, by mógł oprzeć się urokowi jej chętnego tyłka z mocnym uderzeniem tequili w ciało, a ona znała miejsce, które odpowiadałoby jej potrzebom.

# ROZDZIAŁ II

Następnego dnia Samantha i Dick znaleźli się w domu tuż przed obiadem. Kiedy zaproponowała szybką wycieczkę do swojej ulubionej meksykańskiej restauracji, zgodził się. Napoje były nie tylko mocne, jedzenie było doskonałe, a co najważniejsze, obsługa była szybka.

Jak zwykle poprosili o ustronną kabinę. Po zajęciu miejsca na stole magicznie pojawiły się dwie Twoje ulubione Margarity, a Twoje zamówienie zostało szybko zrealizowane. Mając za sobą wstępne przygotowania, popijali i odprężali się.

Samantha, bardzo bezpośrednia osoba, nie miała żadnych skrupułów, by mówić szczerze. Mając nadzieję, że Dick zapomniał o swoim absurdalnym pomyśle powstrzymania się od seksu analnego, postanowił spróbować szczęścia.

„Hej kochanie, jestem dość napalona. Zaszalejemy dziś wieczorem" – powiedziała, mrugając do niego sugestywnie.

Dick zachichotał, domyślając się, że Samantha była zaniepokojona jego groźbą unikania zabaw analnych. Chociaż miał zamiar długo i mocno rżnąć jej tyłek, pomyślał, że fajnie będzie kontynuować swój podstęp.

Unosząc brew i trzymając pogrzebacz do góry, powiedział: „Dzisiaj zachowamy spokój. W końcu, Mała, zasługujesz na karę".

- Haha , bardzo zabawne. Poważnie i przestań się wygłupiać - powiedziała, próbując ukryć swoje oczywiste zaniepokojenie.

Chociaż zwykle był okropnym aktorem, Dick czuł się pewnie w swoim występie. Samantha naprawdę wiła się na jej oczach i było to całkiem zabawne.

Pochyliwszy się, rzekł surowo:

„Nie popełnij błędu, moja decyzja została podjęta".

„Ale kochanie, czy nie podoba ci się ruchanie mnie w dupę, kiedy jestem przywiązany do łóżka? Możesz położyć mnie na kolana, z uniesioną dupą i robić ze mną, co chcesz". Próbowała go skusić, malując erotyczny obraz. „Wyobraź sobie, że twój twardy kutas tonie w mojej małej dziurce... wyobraź sobie moje krzyki, kiedy doprowadzasz mnie do dojścia... pomyśl o moim tyłku ściskającym się, gdy twój kutas opróżnia się we mnie! Chodź, potrzebuję, żebyś dostarczył mi dobrą ilość spermy pod moimi tylnymi drzwiami! Proszę...!"

Zawsze pod wrażeniem analnego entuzjazmu Samanthy, kutas Dicka natychmiast zesztywniał. O tak, planowałem zrobić to wszystko i jeszcze więcej. Ale przez chwilę cieszył się szaradą.

– Podjąłem decyzję. Anal, zniewolenie i kara są dziś wykluczone – powiedział, starając się brzmieć bezinteresownie.

Widzenie, jak twarz Samanty migocze z frustracji, było dla Dicka niezwykle zabawne. Spodziewał się, że zmieni strategię i nie zawiódł się.

Samantha poruszyła się szybko, próbując zrzucić winę na niego.

„Ale kochanie, to ty uzależniłeś mnie od analu! Jeśli się nad tym zastanowić, to naprawdę twoja wina. Jesteś mi winien niezłe ruchanie w dupę!"

W jego wypowiedzi było trochę prawdy. Ponad dwadzieścia lat zajęło Dickowi przekonanie Samanthy, że warto spróbować seksu analnego. Kiedy zdała sobie sprawę, że orgazmy analne są prawdziwe i dorównują orgazmowi dopochwowemu, nikt jej nie powstrzymał. W pewnym sensie był odpowiedzialny za stworzenie tego analnego potwora.

Zaintrygowany tym, dokąd może pójść dalej, Dick nadal szarpał za łańcuch. „Na dzisiaj wystarczą pozycja misjonarska i penetracja waginalna, maleńka".

Twarz Samanthy wykrzywiła się z niedowierzania. Ten rodzaj seksu był dobry na wieczory powszednie, kiedy musieli być cicho, ponieważ dzieci były w domu. Ale ta nikczemna okazja była zbyt cenna, by ją zmarnować!

Zdeterminowana, by spróbować swoich sił w pochlebstwie, Samantha nie przegapiła ani chwili.

„Dobra, słuchaj. Będę całkowicie szczery. Gdybyś nie był tak dobry w skopaniu mi tyłka, nie chciałbym nawet uprawiać seksu analnego. Takie umiejętności jak twoje nie powinny się marnować".

Mrużąc oczy, odpowiedź Dicka była prosta:

"Niezła próba".

„Kochanie, proszę, zwiąż mnie i pieprz mnie w dupę! Minęło dużo czasu, odkąd graliśmy i naprawdę tego potrzebuję" – narzekał w ostateczności.

Dick potrząsnął głową i pomyślał, żeby jej współczuć. Gdyby wyznał jej, że to żart jej kosztem, uspokoiłaby się. Już miała coś powiedzieć, gdy nagle poczuła jego bosą stopę bezpośrednio na swoim kroczu. Palcami delikatnie gładziła jego twardą jak skała erekcję pod stołem, uśmiechając się zwycięsko.

„Ciągle mówisz „nie", ale twój kutas mówi „do diabła". Mam rację? - wyszeptała Samantha, a jej oczy błyszczały radością.

Nagle, nie chcąc się poddać, Dick wziął kilka głębokich wdechów i spróbował skupić się na nieatrakcyjnych myślach. Wyobrażenie sobie obiadu u Morrisonów wydobyło go z otchłani.

Mówiąc powoli i cicho, odpowiedział:

„Moje dzisiejsze zasady są przestrzegane".

Samanta wzruszyła ramionami i westchnęła:

„Dobrze, wygrałeś, kochanie. Zjedzmy lunch i chodźmy do domu. Do diabła, może powinniśmy się po prostu zrelaksować. Wydajesz się trochę spięty".

Przyszły ich zamówienia i para szybko namówiła ich do jedzenia, podczas gdy oni dyskutowali o innych sprawach. Dick był zaskoczony, że Samantha dała radę odłożyć rozmowę za sobą, ponieważ nie lubiła przegrywać.

W głębi duszy Samantha czuła się usprawiedliwiona przygotowaniami poczynionymi wcześniej tego dnia. Dick postanowił igrać z ogniem i wkrótce miał się spalić. Była w pełni przygotowana do działania i wzięcia jego kutasa w swoją własną dupę.

# ROZDZIAŁ III

Po powrocie do domu para udała się prosto do swojej sypialni. Dick usiadł na rogu łóżka, podczas gdy Samantha powoli ściągała dżinsy i białą zapinaną koszulę. Doskonale wiedząc, że lubi dobry striptiz, postarał się wyolbrzymić swoje ruchy. Kiedy już miała zdjąć czarny koronkowy stanik i dopasowane stringi, podeszła do męża i zdjęła przed nim bieliznę.

Stojąc przed nim naga, Samantha spojrzała szczerze na Dicka i zapytała:

„Kochanie, czy mogę zrobić ci masaż? Zasługujesz na masaż za to, że jesteś taki cierpliwy wobec moich wybryków".

Chociaż Dick był gotów zbić żonę w tyłek do nieprzytomności, poruszyła go przemyślana sugestia Samanty. Jej masaże były całkiem przyzwoite i czasochłonne.

„To dobry interes, Mały. Śmiało. Ale najpierw mnie rozbierz".

Słodko się rumieniąc, Samantha odpowiedziała:

"Z przyjemnością".

Ponieważ Dick zostawił marynarkę i krawat na dole, nie trwało to długo. Wspięła się na łóżko i przykucnęła tuż za nim, kładąc kolana po obu stronach jego ciała. Sięgając do jego klatki piersiowej, rozpięła jego koszulę i zdjęła ją. Jego prosta biała koszulka podążyła za nim.

- Wstań i odwróć się - szepnęła uwodzicielsko.

Dick postąpił zgodnie z jej instrukcjami, co sprawiło, że jego miednica znalazła się dokładnie przed jej twarzą. Kiedy spojrzała mu w oczy, Samantha rozpięła jego pasek, rozpięła zamek jego spodni, a następnie zamek błyskawiczny. Szarpiąc, ściągnęła mu spodnie i bieliznę, pozostawiając go nagiego i na wpół wyprostowanego.

„Teraz połóż się i pozwól moim palcom wykonywać swoją pracę" – powiedziała, stukając w łóżko.

Zadowolony z tego, Dick wyciągnął się na środku łóżka, twarzą do dołu. Po usadowieniu się na nim okrakiem, Samantha usiadła na środku jego pleców.

Zaczynając od jego ramion, przemówiła z troską:

„Och, kochanie, twoje ramiona są tak napięte! Załóż je na głowę, abym mógł pracować nad wszystkimi grupami mięśni".

Dick był bardzo rozproszony mokrą plamą tworzącą się na jego plecach pod cipką Samanthy, ale udało mu się zarejestrować swoją prośbę. Wyciągając ramiona w kierunku poduszek, był niejasno świadomy, że Samantha przesunęła się do przodu, aż znalazła się między jego łopatkami. Po pochyleniu się nad krawędzią łóżka, wydawało się, że coś chwyta. Potem, szybko jak błyskawica, poczuł zimną stal wokół swoich nadgarstków i usłyszał charakterystyczne kliknięcie kajdanek.

Głowa Dicka odskoczyła do tyłu, gdy pociągnął za ręce i stwierdził, że są ograniczone. Rzeczywistość mocno uderzyła; jego szczupła żona właśnie go upuściła, niemała rzecz, ponieważ ważył znacznie więcej. Zaraz potem zwinny diabeł wyślizgnął się z jego ciała i usiadł obok niego.

Chociaż niechętnie spojrzał na żonę, która z pewnością była dumna z żartu, Dick odwrócił głowę w bok. To, co natychmiast przykuło jego uwagę, to śliska cipka, która była widoczna między jej szeroko rozstawionymi udami. Jęknął, czując się głupio, że został złapany twarzą w dół.

"Ha! Całkowicie cię zdradziłem!" wrzasnęła.

Dick wiedział, że nie byłaby z tego zadowolona, ponieważ Samantha miała skłonność do przechwalania się. Będąc ogólnie spokojnym, kusiło go, by przyłączyć się do jej radości, ale postanowił ocenić sytuację.

– Niezłe posunięcie, Maleńka – przyznał, zawsze uprzejmie. — Więc co będzie dalej?

Samantha nie skończyła krzyczeć:

„Święty guacamole! Naprawdę cię złapałem! Szkoda, że nie widziałeś wyrazu twojej twarzy! Niezły wiersz!"

„Tak, masz mnie poważnie. Więc jaki jest koniec twojej gry?"

Śmiejąc się z jego mimowolnej gry słów, odpowiedziała.

„To bardziej jak moja gra w tyłek!"

Biorąc kilka głębokich wdechów, uspokoiła się. Zadowolenie Dicka było zdecydowanie częścią planu i chciała go uspokoić.

„Ok, ok! Ugh! To są twoje opcje. Przymocuję kajdanki do małego kawałka łańcucha, który jest przymocowany do słupka łóżka. Dzięki temu możesz przewrócić się na plecy. Jeśli wybierzesz tę ścieżkę, ja weź swojego fiuta, żeby zrobić z niego dobry użytek. Ale dla odmiany będziesz całkowicie zdany na moją łaskę. Albo... mogę tu zostać i bawić się ze mną, kiedy drzemiesz. To całkowicie zależy od ciebie, kochanie.

Dick podjął natychmiast decyzję, ale udawał, że się nad tym zastanawia,

„Zobaczmy, mogę pozwolić ci użyć mojego penisa lub leżeć tutaj jak tobołek do chrapania. Wybiorę opcję numer jeden".

Klaszcząc jak mała dziewczynka, Samantha była zachwycona. Podczas gdy ona wolała uległą rolę podczas perwersyjnych zabaw, Dick nacisnął nieznany wcześniej gorący przycisk, grożąc, że odmówi jej seksu analnego. Nie mógł winić nikogo oprócz siebie za jej ekstremalne środki.

"Doskonały!" wykrzyknęła. „Teraz odwróć się i rozstaw nogi. Muszę skuć ci kostki".

Opierając się na jednym łokciu, Dick obrócił się zgodnie z poleceniem Samanthy. Wyskoczyła z łóżka i wyciągnęła kilka metalowych kostek, które musiała wcześniej tego dnia schować pod materacem.

Kiedy wszystkie kończyny Dicka zostały unieruchomione, Samantha z dumą studiowała swoją pracę. Ze wzrokiem utkwionym w twarz męża czule pocałowała go w czoło.

- Nie martw się, kochanie. Będę delikatna - szepnęła mu prosto do ucha.

Dick, cichy facet, śmiał się z małego oszusta:

„Cóż, maleńka, wygląda na to, że masz mnie dokładnie tam, gdzie chciałeś".

- Cóż, mam cię. Dzięki, że zauważyłeś - zaśmiała się, kierując się do drzwi. „ Teraz zostań _ jeszcze i zaraz wrócę".

Bycie ograniczonym było dla Dicka nowym doświadczeniem. Para była uwikłana w niewolnictwo od początku ich związku, a przez trzy dekady bycia razem Samantha spędziła niezliczone godziny skuta kajdankami, łańcuchami, a nawet na palisadzie. Nigdy wcześniej nie wyrażała zainteresowania odwróceniem sytuacji, więc był to nieoczekiwany zwrot.

Dick był pod wrażeniem, że Samantha wykorzystała swoje wielkie doświadczenie, by przywiązać go do łóżka. Testując jego mobilność, był naprawdę dumny, że udało jej się go zabezpieczyć bez powodowania bólu.

Kajdanki nie były zbyt ciasne na jego nadgarstkach/kostkach, ani jego kończyny nie były rozciągnięte do punktu dyskomfortu. W sumie było to całkiem udane przedsięwzięcie.

Jego uwaga przeniosła się po zauważeniu, że Samantha wróciła i stała na środku pokoju.

Powiedzieć, że ubrała się stosownie do okazji, byłoby niedopowiedzeniem.

# ROZDZIAŁ IV

"Podoba Ci się to co widzisz?" Oczy Samanthy błyszczały psotnie, kiedy pozowała mu w swoim nowym stroju.

Zwykle wolała miękką, kobiecą bieliznę, ale tego popołudnia poszła w nowym kierunku. Czarny skórzany gorset bez ramiączek nadawał jej wygląd kobiety, która wszystko kontroluje. Już mała, jeszcze bardziej podkreślała jej wąską talię, jednocześnie sprawiając, że jej małe piersi wydawały się większe. Zdecydowała się na pozbycie się majtek , pozostawiając swój bezwłosy seks odsłonięty dla przyjemności oglądania. Nieco niżej, do ud, przezroczyste czarne pończochy otulały jej umięśnione nogi. Dopełniając erotyczny zestaw, założyła surowo wyglądające czarne szpilki.

Szczęka Dicka zwisała szeroko, wpatrując się ze zdumieniem w wygląd swojej żony, ubranej w tak brawurowy strój.

„Cholera! Wyglądasz TAK seksownie, Mała!"

Odsuwając się od niego, przechyliła biodra na bok i poklepała się po pupie. Z jego kutasem uformowanym w pełny maszt, przez chwilę usiłował wstać, zanim przypomniał sobie, że jest przywiązany do łóżka.

„Mała, pozwól mi wstać, a dam ci najcięższą jazdę w twoim życiu" – powiedział, próbując negocjować.

Samantha potrząsnęła głową, śmiejąc się,

„ Och, czeka mnie ciężka przejażdżka, nie martw się. Miałeś swoją szansę i ją spieprzyłeś. Planuję sam wziąć to, czego chcę".

„Chodź! Żartowałem tylko o powstrzymywaniu seksu analnego. Zamieńmy się miejscami" – błagał.

Samanta wzruszyła ramionami i odpowiedziała:

„Nacisnąłeś zły klawisz, kochanie. Co się stało, to się stało. Teraz, jeśli będziesz nalegał na rozmowę, poniesiesz konsekwencje".

– Ale – zaczął.

- Właśnie! Ale... - odparła, robiąc palcami cudzysłów. „Tak nazywa się ta gra. Ostrzegałem cię, żebyś się zamknął i był nieposłuszny".

Samantha dotknęła palcem wskazującym kącika ust i zmrużyła oczy w fałszywym skupieniu.

- Zobaczmy, jak mam sobie poradzić z twoim nieposłuszeństwem? Hej, mam pomysł - powiedział, poważnie machając rękami. „Zamiast bełkotać, powinieneś użyć swoich ust, by mnie zadowolić!"

Dick, czując, że gra jest już w toku, nie był pewien, czy powinien odpowiedzieć ustnie. Mądrze zdecydował się skinąć głową na znak zgody. Oburzający strój Samanthy i obsceniczne zachowanie sprawiały, że pragnął jakiegokolwiek kontaktu z jej ciałem.

- Ach, widzę, że szybko się uczysz - powiedziała. „Zajmijmy się twoją gębą. Chcę, żebyś polizał moją niegrzeczną dziurkę, jak grzeczny chłopiec".

Po raz kolejny Dick z naciskiem skinął głową, zadowolony, że się zgodził. Pozwolenie Samancie na ten moment „odwrócenia ról" wydawało się właściwe w tych okolicznościach i był szczęśliwy, mogąc towarzyszyć jej w tej podróży.

Ostrożnie, aby nie popchnąć męża, Samantha wczołgała się z powrotem na łóżko. Usiadła okrakiem na jego szyi i uklękła , kładąc tyłek bezpośrednio na jego twarzy. Zawsze drażniąc się, obróciła miednicę, pocierając dłońmi gładkie krzywizny pośladków.

„Teraz daj mi trochę przyjemności... w moim tyłku" – powiedziała z autorytetem.

Samantha poczuła, jak ciało Dicka drży od śmiechu, który starał się stłumić. Całowanie jego żony nie było tak naprawdę karą, a obserwowanie, jak się podnieca, podczas gdy on lizał jej tyłek, było podniecające. W związku z tym był bardziej niż szczęśliwy, mogąc ją zadowolić.

Uśmiechając się, Samantha pochyliła się i spojrzała między swoje nogi,

„Daję ci dostęp do bardzo szczególnego miejsca, kochanie".

Jakby odsłaniając cenny prezent, przeniosła ręce na środek swojego umięśnionego tyłka i rozchyliła kremowobiałe pośladki. Tam, dla przyjemności oglądania Dicka, była jej delikatna gwiazda. W świetle dnia mógł z łatwością docenić każdą z fałd, które tworzyły jej bezimienne wejście. Nieco ciemniejszy niż reszta jej skóry, ton nadawał jej niemal egzotyczny wygląd. Ogólnie rzecz biorąc, był to bardzo atrakcyjny cel i nigdy nie męczyło go uderzanie.

Błędnie interpretując jego pauzę, Samantha powiedziała słowa zachęty:

„Chodź, kochanie. Wiesz, co robić. Połóż swoje usta na mojej dupie".

Z przyjemnością Dick zacisnął usta i przycisnął je do odbytu Samanthy, który teraz drżał z niecierpliwości. Czule skubał, ssał i całował ją wokół małego kręgu, wywołując ciche jęki swojej żony. Nie był amatorem, dokładnie wiedział, jak poradzić sobie z pomarszczoną skórą wokół jej tylnych drzwi.

Samantha była wiecznie zachwycona przyjemnością, jakiej doświadczyła podczas stymulacji analnej. Jej zdaniem udowodnił, że seks analny jest naturalnym aktem seksualnym, że nie zasługuje na status tabu. Wkrótce cudowny dotyk jego ust roztapiających się przy jej rozwarciu sprawił, że była opanowana i zapragnęła więcej.

„Kochanie... proszę! Wsuń język w mój tyłek i doprowadź mnie do orgazmu". jęknęła.

Nie musiała tego dwa razy powtarzać. Dick był niezwykle hojnym kochankiem i miał nadzieję, że popchnie ją do granic możliwości. Wystawiając język, usztywniał go tak bardzo, jak tylko mógł, zanim odpowiednio wtargnął do dziurki bezczelnie zaoferowanej przez jego żonę.

Aby pomóc, Samantha powoli opuszczała swoje ciało, aż jej język ledwo wystawał przez napięte wejście do jej miejsca przyjemności. Piekące ciepło jej wrażliwej krawędzi wpłynęło na nią tak głęboko, że na chwilę zaparło jej dech w piersiach. Pragnąc pełnej penetracji, Samantha zaczęła swoje ostatnie zejście do jego ust.

„Pieprzyć dziecko. To takie dobre uczucie! Oooooh !" Samantha zaczęła ruszać swoim tyłkiem na jego nieustępliwym języku.

Dick wychwycił jej oczywiste wskazówki i poszedł po smak. Powoli, ale pewnie, jego język osiągnął maksymalny intymny kontakt. Jak zwykle jej zewnętrzny zwieracz zaakceptował jego ingerencję po pewnym początkowym oporze. Gdy minął tę barierę, pchnął do przodu, wystarczająco głęboko, by przeciąć jej najbardziej sztywny zwieracz wewnętrzny.

" Aaahhhh ! Kochanie! Proszę! Doprowadź mnie do orgazmu!"

Choć znacznie mniejszy od jego penisa, język Dicka rekompensował różnicę wielkości jego zręcznością. Na przemian wywijał językiem i wpychał się i wychodził z jej najbardziej prywatnego miejsca. Bez pośpiechu z radością zaspokoił jej potrzebę. Sądząc po ilości soku z cipki, który zbierał się na jego brodzie, wiedział, że wkrótce osiągnie orgazm.

Kiedy Dick działał swoją magią na jej tyłek, Samantha była poza sobą. Czekała na tę chwilę z pewną niecierpliwością przez cały dzień. Czując jego zmysłowe usta i utalentowany język na jej intymnych miejscach, poczuła falę ulgi przez jej ciało. W tym samym czasie narastające napięcie seksualne było bliskie wybuchu. To był interesujący kontrast, który jej się podobał.

Po spędzeniu kilku minut na zaspokajaniu cielesnych pragnień Samanthy, Dick poczuł, jak zmienia się jej postawa. Wyginając plecy w łuk, zaczęła powoli poruszać się w górę iw dół po jego twarzy, wciąż trzymając pośladki otwarte dla jego języka. Była bliska przybycia, a on przygotowywał się na to, co miało nadejść.

Nagle zesztywniała. W desperackiej próbie znalezienia oparcia, przeniosła ręce na jego klatkę piersiową, pozostawiając jego twarz między jej na szczęście małymi pośladkami. Ledwie mogąc oddychać, dzielnie parł dalej.

Wydawało się, że czas się zatrzymał, gdy Samantha spadła z orgazmicznego urwiska. To, co zaczęło się jako mała iskra zlokalizowana w środku jej odbytu, wkrótce rozprzestrzeniło się jak dziki ogień po całym jej ciele. W tym ułamku sekundy każdy mięsień jej miednicy zaczął się rytmicznie kurczyć i rozluźniać, gdy pochłonęło ją błogosławione uwolnienie.

" Oooo Boże!" Wyła na całe gardło, z głową odrzuconą do tyłu w ekstazie.

Po kilku sekundach Samantha zwiotczała i upadła na brzuch Dicka, odciągając jego tyłek od twarzy. Mrucząc, wydawała się chwilowo nieskładna, ale udało jej się poruszyć i pozostać przy nim z głową opartą na jego piersi. Głaszcząc go, mruczała jak kociak zadowolony z seksu.

Zuzanna, już bardziej zrelaksowana, w końcu wymamrotała:

„Kochanie, to było niesamowite. Możesz teraz mówić, jeśli chcesz.

„Nie. Nic mi nie jest" – brzmiała jego arogancka odpowiedź.

Patrząc na jego twarz, zaśmiała się,

- Naprawdę? Nie masz nic do powiedzenia?

Jego jedyną reakcją było potrząśnięcie głową ze zdziwieniem. Czasami słowa po prostu nie były potrzebne.

Akceptując przysięgę milczenia Dicka, skupienie Samanthy gwałtownie się zmieniło, gdy zauważyła, jak jego kutas kołysze się dumnie między jej udami. Elegancko pokryty kroplą precum, wywoływał ją na poziomie seksualnym. Chociaż była wyczerpana siłą jej niedawnego orgazmu, potrzebowała jego penisa w swoim tyłku i nie zadowoliłaby się niczym innym. Pobudzona niezaprzeczalnym pragnieniem, wyciągnęła rękę i chwyciła jego pulsującą męskość obiema rękami.

„Hmmm, wkrótce zaczniesz mówić," odpowiedziała pewnie, gładząc jego penisa i wypełniając go śliną.

Generalnie Samantha nie była fanką bycia na szczycie i wolała absorbować siłę męskiej mocy Dicka podczas stosunku. Zdając sobie sprawę, że to jej dominujący moment, by zabłysnąć, zdecydowała się na pozycję, która zapewni Dickowi najlepszy widok. Po zdjęciu butów przesunęła się do przodu i przykucnęła, wpatrując się w jego stopy. Balansując na kolanach, jej tyłek kusząco unosił się nad jego erekcją.

Samantha potrzebowała prawdziwej satysfakcji analnej, a teraz nadszedł czas.

„Przygotuj się, kochanie. Mam zamiar zgwałcić twojego kutasa moim tyłkiem" – wyszeptała głosem zabarwionym pożądaniem.

Sięgając za siebie, prawą ręką chwyciła jego penisa, a drugą odciągnęła lewy pośladek na bok. Z precyzją przyłożyła jego męskość do swojej głodnej dziury i potarła jego głowę przy wejściu. Połączenie jego precum i jej śliny było skutecznym lubrykantem i wiedziała z doświadczenia, że to wystarczy, by ułatwić jej przejście.

Dick poczuł zacisk, gdy wysunął się jego kutas. Ostrożnie przystąpiła do montażu, aż całkowicie usiadła przy tylnym wejściu. Chociaż daleko mu do pierwszego analnego doświadczenia, Dick wciąż podziwiał niezwykły widok tyłka Samanty, który owijał jego kutasa. Niezmęczony potężnym wizerunkiem, żałował tylko, że nie udało jej się osiągnąć jego punktu widzenia.

Przywierając mocno do jej ciepłego ciała, tęsknił za słodkim tarciem, które pochodziło z dziko poruszającego się w wąskim kanale iz niego. Ale na razie zadowalał się tym, że Samantha prowadziła i czekała na swój czas.

Po jęczeniu przez cały okres zakładania i dostosowywania, Samantha w końcu przemówiła z wielką dumą:

„Kochanie, spójrz! Sam wepchnąłem cię głęboko w dupę!"

Obecność grubego członka Dicka na jej tyłku zawsze wprowadzała Samantę w orbitę, ponieważ odcinek jej wrażliwej tkanki był prawie wystarczający do wywołania orgazmu. Jednak bycie na skraju nirwany nie było tak dobre, jak dotarcie tam. Nadal była praca do wykonania. Kładąc obie ręce na jego udach i wyginając plecy , przygotowała się do ostatniej rundy.

Z determinacją zaczęła unosić się i opadać na jego twardej długości. Początkowo było to zamierzone, starając się dostosować w rozsądnym tempie. Próbując przyspieszyć, odkryła, że bez pomocy Dicka było to nie lada wyzwanie. Z wdziękiem udało jej się przełączyć na swoje doznania bez usuwania jego penisa. Ale wkrótce stało się jasne, że jej niski wzrost uniemożliwiał osiągnięcie pożądanej przez nią kary.

Po kilku minutach wysiłków Samanthy desperacja Dicka stała się nie do zniesienia. Chociaż lubił tę przystawkę, jego kutas był wygłodniały na danie główne. Mimo to powstrzymał się i czekał, aż przekaże mu świadectwo.

- Kochanie, ja... to... jest... trudne - przyznała w końcu, nie mogąc poradzić sobie z własnym tyłkiem.

Dick był więcej niż gotowy do odzyskania pozycji dominującego państwa. Podczas kolejnego opuszczania Samanty niespodziewanie poruszył biodrami. W rezultacie Samantha upadła do tyłu, wciąż wbita w jego penisa. Lądując plecami na jego klatce piersiowej, próbowała się wyprostować, ale nie mogła. Dick odczekał kilka sekund, aż się poruszy, upewniając się, że stoi stabilnie.

„Teraz powiedz mi, Mały, kto tu rządzi” – wyszeptał.

Uspokojona pomocą, prośba Samanty była prosta:

„Na miłość boską, po prostu mnie wyrzeźbij, kochanie”.

Dick w końcu puścił jej potrzebujący tyłek, kiedy był zadowolony z jej pozycji. Skacząc jak bronco, uderzył ją gwałtownie od dołu, gdy trzymała swoją miednicę nieco powyżej jego. Jej krzyki, jęki i prośby o „WIĘCEJ” były jak muzyka dla jego uszu. Jego żona naprawdę kochała seks analny... tego był pewien.

Teraz, kiedy Dick dawał jej to, czego tak bardzo potrzebowała, Samantha była w niebie. Pomimo ich względnej pozycji, chętnie pozwoliła mu zająć swoje ciało, czyniąc je swoim własnym. Duży i potężny, jego kutas działał na nią w sposób, w jaki jego język nie mógł, a głębia, do której zatapiał jej wewnętrzne ściany, wkrótce przygotowała ją na kolejny orgazm. Słysząc, jak warczy, gdy znalazł przyjemność w jej tyłku, w końcu popchnął Samanthę do granic możliwości.

„Proszę! Nie przestawaj!" Błagała.

Wyczuwszy, że jego żona znajduje się nad przepaścią, Dick został wkrótce nagrodzony za swoje szaleńcze wysiłki. Kiedy w końcu się poddał, jej tyłek ścisnęła jego penisa z nadludzką siłą. Kiedy zaczęły się jej rytmiczne skurcze, pozwolił, by jej ciałem zawładnął zasłużony orgazm . Strumień za strumieniem jego nasienia wlewał się w jej twarde pożądanie, gdy wykrzykiwał jej imię z pożądliwą przyjemnością.

Już u szczytu skurczów ciała Samantha przeżyła emocjonalny szczyt, kiedy zawołał ją po imieniu. Nie było większej nagrody niż doprowadzenie Dicka do orgazmu z jednym z jej, a ona kwitła na tym seksualnym pośpiechu. Instynktownie chwyciła go za biodra jak kotwicę, podczas gdy ich ciała drżały jednocześnie.

Samantha upadła na niego po przetrwaniu seksualnego tsunami. Szukała po omacku przez kilka sekund, zanim spróbowała odłączyć się od źródła swojej seksualnej satysfakcji. Wytrawna „Brudna dziewczyna" rozkoszowała się jego spermą na jej dupie i chciała ocalić wszystko, co mogła. Co zaskakujące, udało jej się wstać i przekręcić wszystko jednym ruchem, rozkładając całe ciało. Nasycony Dick był zadowolony, że pozwolił sobie na relaks, chociaż wciąż był skrępowany kajdankami.

Słuchając jego powolnego bicia serca, Samantha wyczuła, że może spać i zdecydowała, że może uwolnić swoją popołudniową zabawkę erotyczną.

Przez chwilę zastanawiała się, czy nie będzie szukał zemsty. Spodziewała się tego całym sercem...

Tylko czas by to zrobił powiedz .

# ODKRYWANIE TYLNEGO WEJŚCIA

79

Jęknęłam i przeturlałam się po łóżku.

Słabe światło wpadające przez zasłony powiedziało mi, że spała trochę później niż zwykle.

Westchnąłem i przysunąłem kołdrę bliżej.

Poczułem, jak moja dziewczyna przesunęła się lekko obok mnie, a jej nagi tyłek przywarł do boku mojej nogi.

Wspomnienia z poprzedniej nocy zaczęły powracać przez poranną mgłę.

Byliśmy z przyjaciółmi w mieście, spokojny wieczór na kolację i pogawędkę.

Cinthya, moja dziewczyna, wygrała wcześniej w nocy losowanie, więc tym razem to ja byłem kierowcą.

Kiedy zostawiliśmy naszych przyjaciół i wróciliśmy do samochodu, potknęła się trochę i podtrzymałem ją, żeby nie upadła.

Skorzystałem z okazji, by wymknąć się z pocałunkiem i chwycić jej śliczny tyłek, powodując, że pisnęła i żartobliwie mnie spoliczkowała.

- Przepraszam, nie mogłem się oprzeć - powiedziałem, mrugając, kiedy znów znalazła się w moich ramionach.

Zaśmiała się i przesunęła dłonią do mojego krocza i delikatnie go poklepała.

– Ja też nie – zaśmiała się.

Ja też się roześmiałem i pomogłem jej dojść do drzwi, kłaniając się dramatycznie, gdy wsiadała do samochodu.

Przed zamknięciem drzwi stanąłem przed nią i zapytałem, czy nadal nie może się oprzeć.

Ze śmiechem sięgnął i ponownie potarł moje krocze, wolniej iz pewnością mniej figlarnie niż za pierwszym razem.

Czułem, że robię się trochę twardszy, ale wiedząc, że przede mną było pół godziny jazdy, wycofałem się i zamknąłem drzwi.

W drodze powrotnej do mojego domu rozmawialiśmy o naszym wieczorze, a dyskusja zeszła na temat lipca, przyjaciółki Cinthyi, która niedawno zerwała ze swoim długoletnim chłopakiem.

July była ubrana w bardzo odsłaniającą koszulkę, a Cinthya z uśmiechem powiedziała, że zauważyła, że badał ją kilka razy.

Próbowałem twierdzić, że nie, ale bezskutecznie, byłem winny zarzucanego mi czynu.

Cinthya powiedziała, że wszystko w porządku i trudno byłoby jej nie sprawdzić, ponieważ jej cycki były wystawione na widok publiczny.

- A mówiąc o szorstkości... - zażartował, gdy jego ręka po raz kolejny potarła moje krocze. – Czy to na myślenie o lipcu? Zapytała, pocierając dłonią mojego sztywnego penisa.

- Nie, właśnie myślałam o zabraniu cię do domu i do łóżka - powiedziałam, sięgając szybko do jego klatki piersiowej, aby chwycić ją prawą ręką.

Krzyknęła i ścisnęła mojego fiuta przez dżinsy.

– Przykro mi, że nie chcesz czekać, aż wrócisz do domu – powiedział, masując mnie.

Jej dłonie przesunęły się na mój zamek błyskawiczny, gdy szepnęła „Może powinniśmy zobaczyć, co myśli twój kutas..." Cinthya rozpięła mi spodnie iz pewnym wysiłkiem wyciągnęła mojego penisa z bielizny.

- Ahhh, jest - powiedziała, gładząc mojego twardego jak skała członka. „Nie sądzę, żeby mógł czekać, aż wrócimy do domu" – żartował. „Myślę, że chce się teraz bawić".

Po tych słowach pochyliła się i położyła głowę na moich kolanach i powoli przesunęła językiem po główce mojego penisa.

Jęknąłem i ścisnąłem kierownicę, kiedy się ze mną droczyła.

Nigdy nie miała głowy penisa w ustach podczas jazdy po drodze i była podekscytowana, mogąc to zaznaczyć na swojej liście rzeczy do zrobienia.

Wsunęła usta do mojego penisa i zakręciła wokół niego językiem.

Z jękiem zaczęła poruszać głową w górę iw dół, jej gorące usta doprowadzały mnie do szału.

Jęknąłem głośno i przesunąłem dłoń z tyłu jej głowy, wiedząc, że uwielbiała ciągnąć ją za włosy, kiedy ssała jego penisa.

Odgłos siorbania wypełnił samochód, gdy nadal mnie ssała, ale wykorzystałem każdą cząstkę energii, jaką miałem, aby skupić się na bezpiecznym dotarciu do domu.

Oderwała usta od mojego fiuta i jęknęła: „Smakujesz tak zajebiście dobrze", po czym ponownie go zaczęła ssać.

Wiedziałem, że zbliżam się do orgazmu, więc powiedziałem jej, żeby lepiej zwolniła, ale to skłoniło ją do zignorowania mnie, gdy jej głowa zaczęła podskakiwać na moim kutasie jeszcze szybciej.

Zbliżaliśmy się do znaku stop, a w zasięgu wzroku nie było żadnych samochodów, więc zjechałem na pobocze, mocno złapałem ją za włosy i wlałem jej do ust strumień spermy.

Cinthya jęknęła, gdy czuła, jak sperma wlewa się do jej ust w kółko.

Nie pamiętałem, kiedy ostatni raz doszedłem tak mocno i tak mocno.

Usiadł powoli i spojrzał mi w oczy, połykając każdą kroplę w ustach.

– Zabierz mnie do domu – zażądał, kiedy zauważyłam, że jego palce wsunęły się pod jej spódnicę i wykonywały dodatkową pracę pod jej majtkami.

* * *


Obudziłem się z moich myśli, kiedy Cinthya odwróciła się i zauważyła, że z roztargnieniem głaszczę moją teraz pulsującą erekcję po tym, jak ponownie przeżyłem w głowie wspomnienia ostatnich nocy .

Przeciągnęła się i ziewnęła, po czym wtuliła się w mój bok, przesuwając dłonią w dół, by odsunąć moją dłoń od mojego fiuta.

- To jest moje - powiedziała, gdy jej palce lekko mnie dotknęły.

„Całe twoje" powiedziałem i udałem, że trzymam ręce z dala od jego własności.

Powoli zaczął opuszczać się na łóżku, ściągając ze mnie prześcieradła i kołdry.

„Do diabła, tak, cała moja", jęknęła, całując mój brzuch, zanim delikatnie pocałowała główkę mojego penisa.

Kolejny pocałunek doprowadził do kolejnego małego pocałunku i wkrótce znowu miała całego mojego fiuta w ustach.

Wiedziała, jak bardzo lubiłem budzić mnie lodzikiem, ale po ostatniej nocy chciałem, żeby ona też się trochę nacieszyła.

„Zabierz tego gorącego małego kotka, którego tu masz" – zażądałem, sięgając po jej nogi.

– Nie tylko ty jesteś głodny tego ranka – droczyłem się.

Przewracając oczami na mój kiepski żart, obróciła nogi i wkrótce znaleźliśmy się w klasycznej pozycji 69.

Tak bardzo, jak uwielbiałem czuć mojego kutasa w jej gorących, mokrych ustach, jeszcze bardziej lubiłem bawić się jej niesamowitą małą cipką.

Powoli przesunąłem językiem po jej ustach, wywołując jęk Cinthyi , gdy jej usta powoli poruszały się w górę iw dół mojego penisa.

Jej palce bardzo lekko bawiły się moimi jądrami, a od czasu do czasu wyciągała mojego fiuta z buzi, pieściła mnie i mówiła, żebym wylizał jej cipkę.

Przesunąłem dłońmi wokół jej nóg, aby móc teraz wsunąć palce w jej mokrą cipkę, a ona naparła na mnie, starając się pieprzyć w moje palce najlepiej jak potrafiła.

Po tym, jak przez chwilę pieprzyłem ją palcem, wsunąłem język do tyłu i potarłem nim jej małą łechtaczkę.

"Mmmmm, kurwa tak," wyszeptała, pieszcząc ją jeszcze bardziej.

Wsunąłem palce z powrotem do jej wnętrza, a drugą ręką uderzyłem ją w jej śliczny tyłek.

„KURWA TAK" jęknął, uderzając ją ponownie.

Kiedy gładziłem jej cipkę długimi, powolnymi ruchami, drugą ręką ściskałem jej tyłek, rozkładając jej pośladki i pozwalając mi zobaczyć jej mały odbyt.

Z uśmiechem przesunąłem palcem po jej pochwie, pokrywając ją jej sokami, a następnie zsunąłem do jej ciasnej dziurki.

Delikatnie potarłem jej tyłek, powoli przyciskając do niego palec.

Moja druga ręka nadal wkładała i wychodziła z jej gorącej, mokrej cipki, gdy bawiłem się jej ciasną małą tylną dziurką.

Wkrótce zebrałem się na odwagę i przycisnąłem trochę mocniej do jej odbytu, a mój palec po raz pierwszy wszedł w jej pośladki.

Trzymając go tam, zsunąłem język do jej cipki, polizałem i dotykałem jeszcze trochę jej tyłka, naciskając i ocierając się o nią powoli.

Wsunąłem palce w jej cipkę i zacząłem bawić się jej łechtaczką, powodując, że jęczała i naciskała na mnie.

W rezultacie mój palec w jej tyłku ześlizgnął się poza pierwszy knykcie, poza to, co planowałem.

Włożyłem palce z powrotem do jej cipki i dalej ją pieprzyłem, mój drugi palec wciąż tkwił w jej ciasnej dupie.

Wtedy zdałem sobie sprawę, że już nie ssie mojego penisa, ale odwraca głowę, próbując na mnie spojrzeć.

Jej biodra lekko się zakołysały i jęknęła.

"Co robisz?"

Wyjąkałem, że bawię się jej cipką, ale ona zapytała:

– Dotykasz mojego tyłka?

Musiałem przyznać, że byłem i zacząłem przepraszać, ale zanim mogłem kontynuować, usłyszałem jej jęk „to takie brudne", a jej biodra zaczęły poruszać się nieco mocniej, „kurwa brudna, dotykając mojego tyłka".

"Czy powinienem skończyć?" zapytałem go

„Kurwa nie, uczyń to trudniejszym" jęknął, gdy jego usta opadły z powrotem na mojego penisa.

Mocniej docisnąłem do niej palec i zostałem nagrodzony głośnym jękiem.

Przestałem bawić się jej cipką i skupiłem się na jej tyłku.

Sięgnęłam ręką do stolika nocnego i szukałam na oślep, aż znalazłam buteleczkę lubrykantu, której szukałam.

Zsunąłem palec z jej tyłka, przez co jęknęła.

Następnie nalałem trochę lubrykantu na palec i zacząłem pocierać ciasną małą dziurkę lubrykantem, po czym ponownie wcisnąłem palec.

Odetchnęła gwałtownie i przycisnęła swój tyłek do mnie, błagając, żebym dalej bawił się jej brudnym tyłkiem.

Dzięki lubrykantowi łatwiej było wsunąć się w jej tyłek i wkrótce włożyłem palec głęboko w jej poprzednio dziewiczy tyłek.

Kiedy wsuwałem i wysuwałem palec, jęknęła głośniej niż kiedykolwiek wcześniej, jej biodra kołysały się mocno na mnie, próbując spenetrować każdy centymetr jej ciała.

„Zastanawiam się, jak dobrze czułby się tam twój kutas" – jęknęła, patrząc na mnie.

Zapytałem go, czy mówi poważnie, a on praktycznie nakrzyczał na mnie, żebym teraz zerżnął mnie w dupę.

Odwróciła się ode mnie i czekała na łóżku na czworakach.

Nalałem więcej lubrykantu na mojego fiuta i pogłaskałem go, przygotowując go do wypełnienia ciasnej dziurki mojej dziewczyny.

„Pierdol mnie w dupę, pieprz mnie w dupę" – szeptała, kołysząc biodrami z boku na bok.

Przesunąłem się za nią i przytrzymałem mojego penisa, przyciskając głowę do jej pomarszczonej dziurki.

Nacisnąłem powoli i wkrótce czubek wsunął się w nią, jej jęk odbił się echem od ścian pokoju.

Delikatnie wepchnąłem mojego fiuta w jej tyłek, a jej jęki stawały się coraz głośniejsze.

Wkrótce miałem całego mojego fiuta zatopionego w jej tyłku, moje ręce chwytały jej biodra, kiedy pochyliłem się do przodu i zapytałem, jak się czuje.

„Kurwa, jak dobrze się czuję" – warknęła. „Teraz pieprz mnie w dupę, pieprz mnie w dupę kochanie" – powiedziała.

Powoli cofnąłem mojego penisa, po czym zanurzyłem się z powrotem w niej, powodując jej wycie z rozkoszy.

Gorąca sytuacja doprowadzała mnie do szału i zanim się zorientowałem, byłem gotowy eksplodować.

Powiedziałem jej, że jestem prawie na miejscu, a ona jęknęła „spuść się we mnie, wypełnij mój tyłek swoją gorącą spermą!"

Chwyciłem mocno jej biodra i zanurzyłem mojego kutasa w jej tyłku, zakopując go głęboko w niej, gdy osiągnąłem orgazm.

Z każdym moim wybuchem czułem skurcze jej ciała, dopóki nie skończyłem napełniać jej tyłka moim mlekiem.

Ukryła twarz w poduszce i jęczała w kółko, gdy mój kutas wysuwał się z jej dobrze zerżniętej dupy.

Przewróciłem się na plecy obok niej, łapiąc oddech.

Stał na czworakach, dysząc.

Odwrócił głowę w moją stronę i powiedział z uśmiechem „utwardźmy tego kutasa tak szybko, jak to możliwe, potrzebuję natychmiast kolejnego pieprzenia tego"

# RYZYKOWNY ZAKŁAD ZWROTNY

# ROZDZIAŁ I

Tequila, jemioła i najgłupsza decyzja w moim życiu.

To było dziesięć miesięcy temu, ale nadal nie mogłem spojrzeć Jeremy'emu Cartwrightowi w oczy.

I to mnie gryzie.

Nie tylko z powodu głupiego, głupiego seksu na imprezie świątecznej, którego żałowałem całym sobą, ale dlatego, że po spotkaniu, które naprawdę przeżyłem, naprawdę chciałem teraz na to spojrzeć.

I nie mogłam, bo za każdym razem, gdy na niego patrzyłam, myślałam o nim... kiedy go zostawiłam...

Och, czego bym nie zrobił dla magicznej sokowirówki.

Zaryzykowałem przelotne spojrzenie przez stół.

Uśmiechał się do mnie.

Bękart.

Nie pamiętał, kiedy ostatnio Jeremy zdobył bramkę zespołową.

Dlaczego więc uśmiechał się do mnie po drugiej stronie stołu, skoro powinien być zawstydzony?

Bo ten człowiek nie miał wstydu.

To nie brak umiejętności go powstrzymał, nie, Jeremy był po prostu leniwy.

Lenistwo.

Awansował w szeregach dzięki wdziękowi, dobremu wyglądowi i zerowej treści.

Jako ktoś, kto walczył zaciekle o każdy awans i każdy szczebel korporacyjnej drabiny, jego łatwe awanse doprowadzały mnie do szału.

Południowa poza grzecznego chłopca, którą zdobył wszystkich poza mną.

To z pewnością zadziałało w przypadku Lucy Sander, nowej kierownik zespołu Wydziału Wschodniego.

Lucy, która właśnie przez niego oskarżyła mnie, że nie jestem graczem zespołowym.

Ja, Nancy Harrison, nie jestem graczem zespołowym.

Nie jestem graczem zespołowym?

Jestem słownikową definicją gracza zespołowego.

Zrobiłem wszystko dla drużyny.

Dałem z siebie wszystko, krew, pot, łzy i każdy inny głupi frazes.

Zapytałem tylko, czy powinniśmy zacząć uwzględniać indywidualne cele, jeśli chodzi o premie kwartalne.

Sądząc po wyrazie jego twarzy, równie dobrze mógłby zasugerować masową rzeź młodych.

Nie tylko Lucy źle zareagowała; wszyscy patrzyli na mnie, jakbym była Cruellą De Ville.

Wszyscy myśleli, że ma jakiś zły plan, aby zmienić konfigurację struktury premii.

Nie próbowałem wyciągnąć nikogo z więzi.

Wszyscy całkowicie stracili znaczenie tego, co powiedziałem.

Uwielbiałem pracować dla Williams Resource Recovery.

Do firmy trafiłem prosto po studiach, kiedy był to dopiero start-up w stosunkowo nowej dziedzinie doradztwa w zakresie odzyskiwania zasobów środowiskowych i redukcji emisji.

Żyłem dla firmy i jej ideałów, zwłaszcza jej polityki zarządzania włączającego.

Zdecydowanie opowiadał się za wspieraniem środowiska spółdzielczego, a nie konkurencyjnego środowiska korporacyjnego.

Nie chciałem całkowicie złamać ducha kolektywnych celów.

Chciałem tylko, chciałem tylko... Chciałem...

Aby ukarać leniwego Jeremy'ego Cartwrighta.

Właśnie tego chciałem.

"Jaki masz problem?" Syknęłam na niego przez stół, nienawidząc sposobu, w jaki brzmiałam, jak jakaś obłąkana ryjówka.

Nie jestem taki, ten wściekły i zgorzkniały człowiek, to przez niego, tylko przez niego, stałem się taki.

On śmiał się.

Zaśmiał się cicho, jakby to było zabawne, co tylko sprawiło, że jeszcze bardziej go znienawidziłem.

Byliśmy ostatnimi, którzy zostali w sali konferencyjnej.

Zostałam, bo gdybym praktycznie nie przykleiła tyłka do siedzenia, chwytając się poręczy krzesła, wybiegłabym z pokoju w napadzie kończącym karierę.

Nie wstawałbym z krzesła, dopóki moje nogi nie przestaną się trząść ze złości wywołanej przez Jeremy'ego Cartwrighta.

Jak bardzo chciałam odebrać mu jego głupią, uśmieszkową pozę, ale jakby mógł wyczuć, jak blisko był złamania mnie, Jeremy został z tyłu, by drażnić się ze mną swoim melodyjnym śmiechem.

„Mój problem, kochanie? Jaki jest twój problem? To nie ja dostaję gęsiej skórki, kiedy mam trudności na spotkaniach".

„Białe kostki? Nie mam ich, jestem..."

Moje oburzenie opadło, gdy zdałem sobie sprawę, że moje palce zdrętwiały z powodu utraty krwi spowodowanej uściskiem.

Zdjąłem palce z poręczy krzesła, wziąłem głęboki oddech i rozpocząłem wewnętrzną pieśń.

Jestem spokojny.

Jestem spokojny.

Jestem spokojny.

Robiłam całkiem niezłą robotę, uspokajając się – białe kropki zniknęły z mojego pola widzenia peryferyjnego i nie czułam już przyspieszonego bicia serca na moim czole – kiedy zaczął nucić.

Ten szczurzy drań.

W zeszłe święta, piosenka, która leciała, kiedy my... kiedy on...

O Boże, nie powinna, nie chciała tam wracać, nie teraz.

Zmusiłam się, by spojrzeć w górę, by spojrzeć w jego złe, niebieskie oczy.

Mówiłem powoli, starając się powstrzymać przenikliwą wściekłość, która gotowała się w mojej krwi, przed przedostaniem się do mojego głosu:

„Mój problem, Jeremy, polega na tym, że nie możesz osiągnąć prostego celu, aby uratować swoje leniwe, bezwartościowe życie".

"Naprawdę?" przeciągnął.

Po prostu nazwałem go leniwym i bezużytecznym, a mężczyzna nie miał nawet na tyle przyzwoitości, by brzmieć na odrobinę zirytowanego.

Po prostu przechylił głowę, jakbym powiedział mu coś interesującego.

„Nancy, osiągnę te cele. W rzeczywistości nie tylko je osiągnę, kochanie, ale przekroczę twoje".

Nie mogłem powstrzymać głośnego prychnięcia.

Musiałem żartować.

Oh naprawdę?

Nie było mowy, żeby mówił poważnie.

W zeszłym roku nie było nawet blisko osiągnięcia celu.

„Racja. Tak".

Pochyliłam się nad stołem i podkreślałam każde słowo szyderczym potrząsaniem głową.

"W Twoich snach."

Południowa fasada grzecznego chłopca na chwilę zniknęła, a łagodne, niebieskie oczy stały się lodowate.

– Czy chce pani się o coś założyć, panno Harrison?

Nagle się zmartwiłem, właściwie przestraszyłem, co nie miało sensu, ponieważ jego brawura nie miała szans mnie złapać, a tym bardziej mnie przewyższyć.

Cele miały zostać przedstawione w mniej niż trzy tygodnie.

Ale z jakiegoś powodu nie chciał grać.

Nie chciała ryzykować poznania intencji tego, co czaiło się w tym lodowatym spojrzeniu.

Nie odpowiedziałem.

Decydując się być dorosłą, wstałam i obeszłam stół w kierunku wyjścia.

Z każdym krokiem oddalającym się ode mnie dawałam mu do zrozumienia, że jestem zbyt dojrzała, by bawić się takimi rzeczami.

Podobało mi się granie w kartę dojrzałości, ale kiedy otarłem się o niego, wyciągnął rękę i chwycił mnie za ramię.

"Boisz się?" wyzwał mnie tym swoim miękkim południowym akcentem.

Uścisnąłem mu dłoń.

„Tak. Jasne. Trzęsę się. Absolutnie przerażony. Trzęsę tyłkiem".

Odwróciłam się, oparłam się o niego tyłkiem i potrząsnęłam nim, poruszając się jak statysta w rapowym teledysku.

Mój wielki błąd.

On śmiał się.

Zachwycająca plotka, która bez wątpienia sprawiła, że każde kobiece ucho, które mogło jej słuchać, westchnęło na jej dźwięk, wszyscy oprócz mnie.

Wstał, pochylił się bliżej, tak blisko, że jego szorstki podbródek musnął moje ucho i musiałam zwalczyć dreszcz.

Opierając się o mój tyłek, mruknął:

– A może postawimy na ten tyłek?

Odwróciłam się i pchnęłam go obiema rękami na jego klatkę piersiową.

"To?"

– Stawiam na twoją dupę, panno Harrison. Za mocna dla ciebie? Chcesz się wycofać?

Spojrzałem na otwarte drzwi sali konferencyjnej, aby sprawdzić, czy nikt nie usłyszał jego słów, zanim do niego szepnąłem.

„Zakład działa w obie strony, kolego. Czy jesteś gotowy stawić czoła tej porażce, śliczny chłopcze?"

Spojrzałam na jego tyłek, co ponownie go rozśmieszyło.

„Myślę, że jestem z tym całkiem bezpieczny" – powiedział.

Co mnie złościło.

Śmiesznie wściekły.

Na tyle głupi, by wyciągnąć rękę i powiedzieć:

- Masz to jak ładny chłopiec.

Głupi, nie dlatego, że myślałem, że mogę wygrać, ale dlatego, że poddawałem się jego prośbie o wciągnięcie mnie w ten zakład.

„Kochanie, dam ci klapsa w przyszłym tygodniu" – powiedział, patrząc na moją wyciągniętą rękę, która wytrąciła mnie z równowagi.

— To jest to, czego byś chciał.

Spojrzałam na niego gniewnie, co tylko sprawiło, że jego uśmiech zmienił się w szeroki uśmiech.

Już miałam cofnąć wyciągniętą rękę, kiedy ją złapał i przyciągnął do siebie.

Pochylił się, jego usta przy moim uchu, zapach drzewa sandałowego i mężczyzny płonął razem z nim.

„Och, kochanie, oboje znamy prawdę. Nieprawdaż?"

Dźwięk jego głosu.

Zapach jej skóry.

Ciepło jego ciała na mnie sprawiło, że się cofnęłam.

Znowu te cholerne Whamy mruczące w piosence.

Jemioła wisząca na drzwiach biura.

Smak rumu i kremówki na jej ustach.

Ciepło jego dłoni uderzającej w mój tyłek.

Twarda drewniana krawędź biurka wbija się w moje kości biodrowe.

Dźwięk mojego głosu krzyczącego w orgazmie, błagającego o więcej.

Tej nocy.

Tej głupiej i lekkomyślnej nocy, kiedy okrążyłem odbyt palcem mokrym od własnych soków.

Raz po raz droczył się z tym sekretnym miejscem, za każdym pociągnięciem trochę głębiej, aż wepchnął wszystko do środka.

Jego głęboki głos dudnił mi w uchu, mówiąc mi, że następnym razem, gdy mnie złapie, będzie tam.

Otrząsnąłem się ze wspomnienia.

Nie było następnego razu.

Nie byłoby następnego razu.

Na świecie nie było wystarczająco dużo tequili, aby przywrócić mnie do tej sytuacji.

- Jesteś taka spięta , Nancy. Taka zdenerwowana. Mogę ci z tym pomóc - mruknął, opuszczając rękę, by spocząć na zagięciu moich pośladków.

Pod wpływem jego dotyku przeszył mnie dreszcz ciepła.

Odszedłem, zawstydzony tym, jak bardzo zmoczyły mnie te wspomnienia.

O co chodziło temu człowiekowi?

Jak mógł mnie tak rozgniewać i nadal go pragnąć?

Już miałem wycofać się z zakładu.

Powiedzenie mu, że to wszystko było jedną wielką głupią pomyłką, kiedy w tym momencie położył mi palec na ustach.

„Ćśś, Nancy, nie ma czasu na rozmowy, muszę wracać do pracy, jeśli mam pobić twoje liczby".

A potem go nie było.

Niezbyt szybko.

Wciąż w tym południowym stylu „cały czas na świecie", wyszedł z sali konferencyjnej i wrócił do swojego biura.

# ROZDZIAŁ II

Tracy znalazła mnie przy biurku.

Skąd wiedziałeś, że tu będzie?

Celowo unikałem jadalni w próżnej nadziei, że uda mi się wydostać z tej rozmowy, ale wydawało mi się, że jedyne, co zrobiłem, to opóźniłem nieuniknione.

- Więc - powiedział, pochylając się nad moim biurkiem - wyglądasz jak Grinch. Słyszałem, że próbujesz ukraść nasze obligacje związkowe.

Nie odpowiedziałem.

Bez pytania usiadł na moim krześle dla gości i podszedł, przynosząc ze sobą wiązkę tytoniu i zapach marihuany.

– Wiesz, w czym tkwi problem, prawda?

Wiedziałem, dokąd to zmierza.

Gdzie zawsze szło z Tracy...

„Musisz wyrzucić tego człowieka ze swojej głowy"

... poniżej pasa.

Według Tracy nie było na świecie cholernej rzeczy, której bycie dobrą suką nie mogłoby naprawić.

Od kryzysu na Bliskim Wschodzie po zły dzień: zawsze udawało mu się znaleźć sposób, by zredukować wszystko do seksu.

Westchnąłem i spuściłem głowę, by stuknąć w biurko.

- Przypomnij mi jeszcze raz, dlaczego właściwie jesteś moim najlepszym przyjacielem?

Roześmiała się, a słodki dźwięk zmieszał się z chrapnięciem, będącym owocem trwającego całe życie przywiązania do smaków Lucky Strike.

„Ponieważ musiałbyś rzucić pracę, aby znaleźć kogoś innego i..."

– przerwałem, kończąc jego zdanie...

„...Wiem o tobie wszystko, więc i tak więcej niż ty".

"Wow. Huh."

Pogładził moją głowę w dół.

„Musisz się ostrzyc, kochanie. Dlaczego nie wyjdziesz dziś wcześniej? Bóg jeden wie, że jest ci winien n godzin".

Usiadłam i przeczesałam dłonią włosy, podnosząc długą grzywkę.

"Nie mogę, muszę..."

„Musisz się pieprzyć. Musisz się ostrzyc. Potrzebujesz życia. Tego właśnie potrzebujesz. Ziemia nie pogrąży się w chaosie węglowym, ponieważ odchodzisz z firmy trochę wcześniej, aby się naprawić".

Westchnąłem.

Moja grzywka ponownie opada na moją twarz.

Zdmuchnąłem go ze świstem powietrza.

Może miała trochę racji, ale wiedziała, że jestem zbyt uparty, żeby to przyznać.

Spojrzeliśmy na siebie, ja marszcząc brwi przez zasłonę włosów, a ona uśmiechając się tym idealnym uśmiechem królowej piękności.

Uśmiechał się do mnie fałszywym uśmiechem.

Zerwałem pierwszy.

Gdyby nie to spotkanie i głupi Jeremy Cartwright, może miałbym dość siły, by patrzeć prosto, ale się poddałem.

To była jego wina.

To wszystko było jego winą.

– Okej – powiedziałem.

Tracy wstał.

„Wiem, że mam rację", powiedziała, gdy jej uśmiech królowej piękności zmienił się w szeroki uśmiech.

– Nie powiedziałem, że masz rację.

Zakrył ręką ucho i powiedział:

- Co to było? Nic nie słyszałem po tym, jak powiedziałeś, że mam rację.

Wymamrotałem bezużyteczne „Suka", kiedy się cofała.

Zatrzymał się w drzwiach i powiedział przez ramię:

„Och, zarezerwowałem ci spotkanie na czwartą z Dustinem w salonie fryzjerskim. Nie spóźnij się. I rób, co ci każą".

- Co? Chcę tylko ostrzyc. Nic więcej - krzyknąłem, ale ona była już za rogiem.

# ROZDZIAŁ III

Wróciłem następnego dnia ze ściętymi, ufarbowanymi, wypolerowanymi, woskowanymi włosami i prawie czterysta dolarów uboższymi.

Pomimo nieoczekiwanego wydatku gotówki, czułem się całkiem dobrze, dopóki tego nie zobaczyłem.

Opierał się o framugę drzwi biura i wyglądał jak jeden z wielkich kotów, które widziała zeszłej nocy na Discovery Channel.

Z jego rudawymi włosami i drapieżnym uśmiechem łatwo było sobie wyobrazić jego głowę jako głowę lwiej dumy.

Przeniósł wzrok z mojej głowy na moje stopy, a następnie powoli przeniósł wzrok w odwrotną stronę, by znów znaleźć się na mojej twarzy.

Sposób, w jaki na mnie patrzył, denerwował mnie.

Zatrzymałem się.

Zatrzymałem się dokładnie na środku korytarza.

Nie zdawałam sobie sprawy, że zamarłam jak oszołomiona ofiara, dopóki ktoś nie otarł się o moje ramię i pękłam.

On śmiał się.

Wściekły podszedłem do niego i uderzyłem go w klatkę piersiową.

Złapał ją, trzymając mocno.

"To?" - powiedział z irytującą fałszywą niewinnością.

Prychnęłam, wyrwałam swoją dłoń z jego i przepchnęłam się obok niego, by iść dalej w kierunku mojego biura, rzucając torbę na biurko.

Annabelle, kobieta, z którą dzieliłam biuro przez ostatnie dwa lata, była na urlopie macierzyńskim, więc miałam biuro dla siebie.

Podobało mi się to w ten sposób.

Nie była dziewczyną, która lubiła wspólną przestrzeń.

A w idealnym świecie miałbym dla siebie biuro w kącie.

Jeremy wszedł bez pytania i przysiadł na biurku Annabelle.

Zignorowałem go, włączyłem komputer i przejrzałem e-maile, jakby go nie było w biurze.

Odchrząknął.

Nie odrywałem wzroku od ekranu.

Roześmiał się, a ja poczułam pulsujący gniew na moim czole.

- Ślicznie wyglądasz kochanie.

Odwróciłam się, żeby na niego spojrzeć.

Pochlebiało mi wtedy, czy mam ci teraz za coś podziękować?

Mało prawdopodobne, aby się wydarzyło.

- Wiem - powiedziałem z warknięciem.

Chichocząc, zrobił krok do przodu i oparł się o moje biurko.

Zepchnęła ze stołu papiery i oparła się o nie łokciami.

arogancki drań

Spojrzałam na niego.

Pochylił się bliżej mnie.

„Tracy powiedziała mi, że wyszedłeś wczoraj wcześniej z wizytą w salonie piękności".

skinąłem głową .

Wyciągnął rękę i pociągnął za kosmyk moich włosów.

– Poprawiłeś włosy.

Ponownie skinąłem głową.

"Coś jeszcze?"

Odepchnęłam się od biurka, odwracając od niego krzesło.

Po jego zapachu.

Jego obecnością.

Jego oczy przesunęły się po moim ciele, celowo zatrzymując się na skrzyżowaniu moich nóg.

Jego spojrzenie było palącym żarem, który czułam pulsujący między moimi napiętymi udami.

 byłem ogolony.

Bardziej niż się spodziewał, Tracy najwyraźniej wyjaśniła Dustinowi pewne specjalne życzenia.

Opierałem się pełnemu goleniu, wolałem, aby moje pole gry było przynajmniej lekko trawiaste.

Skąd wiedział?

- Tracy - mruknęłam.

Roześmiał się, wstał od biurka i skinął głową.

- Powiedział ci? Czy powiedział ci o mojej depilacji woskiem?

Nie mogłem uwierzyć, że ona to zrobi!

Dlaczego miałaby to robić?

Roześmiał się ponownie, głośniej.

Kiedy skończył, powiedział:

„Och, kochanie, powiedziała mi, że byłeś w salonie. Powiedziała mi, że się wydepilowałeś".

Moja twarz zrobiła się czerwona jak wóz strażacki.

– Zrobiłeś to dla mnie? — zapytał, przechylając głowę.

„A gdybym to zrobił? Co by było, gdybym to zrobił?" Wyjąkałem: „Mówisz poważnie? Naprawdę mnie o to pytasz?"

„Nie. Niezupełnie. Po prostu lubię się z tobą bawić. Lepiej wracaj do pracy. Więc jeśli weźmiesz pod uwagę, jak wcześnie wyszedłeś wczoraj, będziesz musiał nadrobić zaległości dzisiaj".

Jeszcze długo po jego odejściu wciąż opadła jej szczęka.

# ROZDZIAŁ IV

Tracy znalazła mnie w ten sposób.

„Och kochanie, twoje włosy wyglądają świetnie. Co? Co?" Obejrzała się przez ramię. "Na co patrzysz?"

Potrząsnąłem głową.

Skinęła głową i usiadła przy biurku Annabelle.

– Aaach, Jeremy tu był, prawda?

– Tak, był. Dupek.

– Dlaczego tak bardzo nienawidzisz tego człowieka?

„Jest leniwy. Nie zrobił nic, odkąd tu przyszedł. Po prostu pokazuje się, wyglądając idealnie i dostaje wszystko, czego chce".

„Naprawdę? Hmmm".

Tracy uniosła brew i skinęła głową.

"Co to miało znaczyć?" wykrzyknąłem.

„Świat jest dla ciebie czarno-biały, prawda? Dobry i zły. Żadnych odcieni szarości".

„Tutaj nie ma szarości" – powiedziałem, przewidując raport z ostatniego kwartału, który czytałem wczoraj po południu. „Tutaj jest czarno-biały, kto pracuje, a kto nie. Jeremy nie. rok ".

Tracy potrząsnęła głową.

„Czasami, kochanie, prawdziwa historia nie jest w gazecie. Jest w osobie".

„Znam tę osobę", powiedziałem, „To arogancki palant. To jest ta osoba. Słuchaj, muszę pracować. Jeśli wszystko, co masz teraz, to tajemnicze opinie na temat Jeremy'ego Cartwrighta, możemy przełożyć tę rozmowę na lunch... Albo może nigdy?

Tracy ponownie potrząsnęła głową, po czym szybko skinęła głową i podeszła do drzwi, żeby wyjść.

Zatrzymał się przed drzwiami, odwrócił i powiedział:

„Pamiętaj, kochanie Nancy, w życiu liczy się coś więcej niż tylko wykonywanie dobrej roboty. Jeremy Cartwright to jedyna rzecz, do której pasjonujesz się czymś innym niż redukcja emisji dwutlenku węgla lub kampania prezydencka. Chcę, żebyś o tym pomyślała . to coś znaczy".

– To nic nie znaczy. On nic nie znaczy.

Wzruszyła ramionami i powiedziała przez ramię, wychodząc:

„Nie mówię ci, żebyś wyszła za faceta. Po prostu go trochę pieprzyć".

Tak wściekły jak wszystkie jej tajemnicze komentarze na temat Jeremy'ego, nie mogłem powstrzymać się od śmiechu na jej odpowiedź.

Jebać go trochę.

Już to zrobiłem.

Właściwie na tym biurku.

Moje zdradzieckie sutki stwardniały na to wspomnienie.

Wyłączyłam retrospekcję, zanim przejęła kontrolę nad całym moim ciałem, i wróciłam do ekranu komputera.

Miała pracę, nie miała czasu dla Jeremy'ego Cartwrighta.

# ROZDZIAŁ V

Pracowałem do obiadu.

Tracy wsadziła na chwilę głowę, żeby mnie zbesztać, ale zignorowałem ją i zająłem się swoimi sprawami.

Dopiero gdy podniosłam wzrok znad ekranu komputera, żeby rozprostować bolące plecy, zdałam sobie sprawę, że światła w korytarzu są wyłączone.

Było ciemno.

Spojrzałem na zegarek i zobaczyłem, że jest prawie dziewiąta wieczorem.

Mój żołądek zaburczał w proteście.

Odepchnąłem się od biurka, wstałem i poszedłem poszukać najbliższego automatu.

Stała przed automatem sprzedającym, próbując uzasadnić połączenie kilku paczek pakowanej żywności jako pożywną kolację, kiedy drzwi windy się otworzyły.

Poczułem zapach zanim go zobaczyłem.

Tajskie jedzenie.

Zapach pikantnej limonki i czosnku unosił się w powietrzu, sprawiając, że prawie zemdlałam.

Pringles na obiad?

– I kopertę z orzeszkami ziemnymi – odpowiedziałem.

Jeremi się roześmiał.

„Dobrze, bo to robi różnicę".

"Oczywiście, że tak."

Trzymając Pringles powiedziałem:

„Ziemniaki", a następnie paczki orzeszków ziemnych, „Nasiona".

Podniósł plastikową torbę z jedzeniem, którą trzymał w lewej ręce, „Cartwright's Thai. Wystarczy dla dwojga. Chcesz trochę?"

Potrząsnęłam głową, kiedy mój żołądek wydał z siebie zawstydzający warkot, mówiący tak.

Jeremy znacząco spojrzał na mój wciąż jęczący brzuch, kącik jego ust drgnął w rozbawionym uśmiechu.

„Dobrze", powiedziałem, wyciągając rękę, by wyrwać jej torbę z ręki, „w takim razie zróbmy to".

„Przy tak łaskawej akceptacji jestem więcej niż szczęśliwy, że mogę się zastosować".

Wyciągnął przed siebie rękę i lekko się ukłonił.

„Proszę prowadź".

Zmarszczyłam brwi, odwróciłam się na pięcie i ruszyłam w stronę pokoju socjalnego.

Złapał mnie za ramię, zaciskając palce na moim nadgarstku.

– Uhm – powiedział – w moim biurze.

"Ponieważ?"

„Ponieważ to moje jedzenie i wiem, gdzie je jemy".

Chciałem mu powiedzieć, gdzie ma położyć jedzenie, ale myśl o powrocie do Pringles i kolacji z orzechami kazała mi się powstrzymać.

- Dobrze - powiedziałam, wyrywając rękę z jego dłoni.

Puścił mój nadgarstek iz lekkim uśmiechem przyłożył dłoń do mojej twarzy.

Przesunął palcem po moim czole do szczęki, a potem założył mi kosmyk luźnych włosów za ucho.

Wstrzymałem oddech, żeby nie puścił.

Podszedł bliżej.

Westchnęłam, zamknęłam oczy, odchyliłam brodę i czekałam, gotowa na pocałunek, który nie nadszedł.

Odszedł.

Poczułam utratę jego bliskości, gdy dreszcz przebiegł przez moje ciało.

Co za głupiec!

Co ja sobie myślałam, czekając, aż mnie pocałuje?

Podniosłem wzrok, spodziewając się, że zobaczę, jak się do mnie uśmiecha, ale zamiast tego...

Powietrze znów uszło z moich płuc, gdy spojrzałam mu w oczy.

Niebieski ogień.

Ogarnął mnie upał.

Fala pożądania, która prawie zgina mi kolana.

— Chodź — powiedział.

"Pospiesz się?"

Wskazał zapomnianą plastikową torbę zwisającą z mojej ręki.

- Och, kolacja - powiedziałam i skinęłam głową, idąc za nim do jego biura.

Jego gabinet znajdował się w kącie.

Z dwoma oknami ze spektakularnymi widokami i bez konieczności dzielenia się.

Kolejny powód, dla którego go nie lubię.

Nie zapalił światła, kiedy szliśmy, co wydało mi się dość dziwne.

Już miała zapalić światło, kiedy włączyła lampę na biurku, zalewając pokój delikatnym żółtym światłem.

- W porządku - powiedziałem, wskazując starą mosiężną lampę na biurko.

„Mój dziadek dał mi to", odpowiedziała, wyciągając swoje krzesło zza biurka i ustawiając je obok krzesła dla gości. "Możesz usiąść."

Zrobiłam to, żałując, że nie przysunął swojego krzesła tak blisko mojego.

Kiedy siadał, uderzył we mnie kolanem.

Sięgnęła do torby i wyjęła małe kartoniki z jedzeniem, dwie butelki wody i dwa komplety sztućców.

Dwa?

Wziąłem oferowane sztućce i nie mogłem nic na to poradzić.

Nigdy nie mogłem tego zrobić.

Niezaspokojona ciekawość by mnie zjadła.

„Dlaczego dwie gry?" Zapytałem go.

- Wiedziałem, że wciąż tu jesteś. Wiedziałem, że nic nie jadłeś.

"Hej!" Zaprotestowałem, wskazując na pojemnik Cartwright's Thai, który położyłem na kolanach nad kolanami.

Przewrócił oczami.

„Prawdziwe jedzenie. Wiedziałem, że nie jadłbyś prawdziwego jedzenia".

„Więc", powiedziałem, wpychając do ust przeładowany widelec pełen tajskiego makaronu, „co cię to obchodzi?"

- Zależy mi - powiedział, wpatrując się we mnie swoimi niebieskimi oczami.

Nagle się zdenerwowałem.

Zrobiłem więc to, co w tamtym momencie przychodziło mi naturalnie.

Zacząłem niespójny bełkot bezużytecznych informacji:

„Tajowie nie używają pałeczek. Nie ma pałeczek. Wiedziałeś o tym? Widelec i łyżka. Tego właśnie używają. Jeden z niewielu azjatyckich narodów, który to robi . łyżka. Po aneksji..."

Wyciągnął rękę delikatnie dotykając mojego kolana.

Zaskoczyło mnie to i przestało bełkotać.

– Jedz – powiedział.

„Dobrze. Podoba mi się".

Jedliśmy w ciszy.

Zjadłem więcej niż potrzebowałem, aby mieć pełne usta.

W przeciwnym razie wyrzuciłbym z siebie wszystkie pytania, które kłębiły się tuż pod powierzchnią.

Dlaczego mu na mnie zależało?

Czego ode mnie chciał?

- Dzięki za kolację - powiedziałam, biorąc ostatni łyk wody przed wstaniem.

- Nie ma problemu - odpowiedział, obejmując mnie ramieniem i przyciągając do siebie.

Potknęłam się, rozkładając nogi dla równowagi.

Wsunął udo między moje rozłożone nogi i rozłożył się szerzej, pchając mnie w dół, zmuszając, żebym usiadła na nim okrakiem.

Obie ręce wsunęły się w górę mojej spódnicy, ciągnąc materiał, aż zebrał się wokół moich bioder.

Jego kciuki wędrowały po wewnętrznej stronie moich ud, aż musnęły krawędź moich majtek.

Nie mogłem nic na to poradzić, zakołysałem się do przodu w oczywistym zaproszeniu.

Zachichotał.

Ten dźwięk prawie mnie rozwścieczył, ale jego zęby odnalazły mój sutek.

Gówno.

Ciepło przepłynęło przeze mnie, gdy szarpnąłem delikatną końcówkę.

Surowy.

Twardy.

Tak.

Tak, tego właśnie chciałem.

Czego potrzebowałem

Skąd wiedział?

Jego palce chwyciły okrągłą część mojego uda, wgryzając się w skórę, gdy jego kciuk zanurzył się pod elastyczną krawędzią moich majtek.

Przesunęła się niżej, zanurzając się w kałuży wilgotnego ciepła, które stworzył jej dotyk.

Pchnął, zakrywając kciuk, a następnie przeciągnął go do mojej łechtaczki.

Gówno.

Śliski i mokry od mojej potrzeby, jego kciuk z precyzją dotknął mojej łechtaczki.

Zakołysałam się w jego dłoni, wyginając plecy w łuk i naciskając na jego kciuk, ponaglając go.

– Powiedz mi – powiedział, jego usta wciąż były na moim sutku, a jego słowa wibrowały na mojej skórze.

"To?"

„Powiedz mi, że chcesz tego... że chcesz, żebym ci to zrobił".

Jego słowa przebiły mgłę pożądania i przywróciły mnie do prawdziwego świata.

Co ona, do diabła, robiła w rui na kolanach Jeremy'ego Cartwrighta?

"NIE!" Wyprostowałem stopy na ziemi i podniosłem się.

Wstałam z jego kolan i stanęłam przed nim.

Kiedy to zrobiłam, jego ręka zsunęła się z moich majtek.

Położyłam ręce na jego ramionach dla równowagi i zeszłam z jego kolan.

Drżącymi rękami wygładziłam spódnicę.

Kiedy przestało być eksponowane, powiedziałem:

„Nie chcę tego. Nie chcę ciebie".

Roześmiał się, głuchym dźwiękiem.

Podnosząc wciąż wilgotny kciuk do ust, przeciągnęła czubkiem po dolnej wardze, a potem przejechała językiem po plamie.

– Kłamiesz – powiedział – wiesz o tym. I ja to wiem.

„Bzdura. To nie ty. Minęło trochę czasu, odkąd to zrobiłem. Mogłem zareagować, gdyby ktoś to na mnie sprawdził".

"Jak długo?" spytał.

Dziesięć miesięcy, pomyślałem, ale odpowiedziałem:

"To nie twój interes".

„No to idź", powiedział, wskazując na drzwi, „Uciekaj Nancy. Na razie jesteś bezpieczna w swoich małych kłamstwach".

– Co masz na myśli mówiąc teraz?

Przeklinałam siebie za to, że mu odpowiedziałam.

Dlaczego nie mógł na to pozwolić?

Dlaczego zawsze musiał wiedzieć?

Zrobił krok w moją stronę.

„Kiedy wygram nasz zakład. Zanim wezmę ten twój tyłek, sprawię, że się do tego przyznasz. Przyznaj, że mnie kochasz".

„Tak? Ty..." Powstrzymałem się, zanim wyglądałem zbyt głupio, ale nie mogłem się powstrzymać przed zrobieniem kroku i wbiciem palca w jego klatkę piersiową.

Zabrał mój palec ze swojej klatki piersiowej i zamknął moją dłoń w swojej.

– Będziesz mnie błagać, Nancy Harrison.

- Nie w twoich snach – syknęłam, odwracając się i wychodząc z jego biura.

Byłem dwa kroki w dół korytarza, kiedy zatrzymałem się, odwróciłem i wróciłem do jej otwartych drzwi.

Siedział przy biurku, dziwnie patrząc na swoją lampę.

"Dzięki za kolację."

Podniósł wzrok i błysnął mi uśmiechem, który, gdybym był choć trochę skłonny do szczerości, musiałbym przyznać, że sprawił, że moje kolana zamieniły się w wodę.

Zamiast być szczerym, warknąłem gniewnie i wróciłem do korytarza.

# ROZDZIAŁ VI

– Oszukał – wyszeptałam, wpatrując się w e-mail, który właśnie otrzymałam.

„Kto oszukał?" zapytał Tracy.

Siedziałam na krawędzi biurka, oglądając jej paznokcie, czekając, aż skończy, żebyśmy mogli wypić drinka po pracy.

„Jeremy Cartwright przekroczył cele".

- Wiem - powiedział z całkowitą obojętnością na mieszankę adrenaliny, paniki, pożądania i wściekłości, która w równych częściach wirowała w moim ciele.

Nie powiedziała Tracy o zakładzie.

Mówienie o tym było zbyt głupie i dziecinne, a ponieważ miało to coś wspólnego z Jeremym Cartwrightem i seksem, nie miała wątpliwości, że Tracy będzie po jej stronie.

— Co masz na myśli, mówiąc, że wiesz?

„Właśnie odzyskał pełne obciążenie swojego konta. Więc oczywiście będzie na szczycie listy".

"To?" słowo zabrzmiało jak piskliwy wrzask.

„Pracował w biurze na pół etatu. Przyjechał tu z Chicago, żeby zaopiekować się swoim dziadkiem. Ale teraz poszedł na pełny etat do domu opieki, więc też wrócił do pracy na pełny etat".

– Jak mogłem tego nie wiedzieć?

„Może dlatego, że nigdy nie wychodzisz z biura? Może gdybyś rozmawiał z kimś innym niż ja..."

Podnieś rękę.

„Wow, więc rozmawiam z tobą. Więc dlaczego mi nie powiedziałeś?"

– Po pieprzonej imprezie świątecznej miałeś na sobie majtki i tak dalej – westchnęła i unosząc palce w cudzysłowie – powiedziała – zabroniła mi wymieniać jej imię.

OK, więc może to wszystko było prawdą.

Może nie był tak leniwy, jak myślał.

Ale z pewnością był tak przebiegły, jak myślał.

Wiedział , że wróci na pełny etat.

Zakład został sfałszowany!

Opierając się na jego korzyść przez cały cholerny czas.

– Gdzie się napijemy?

Zmarszczyła brwi.

"Harry's, gdzie zawsze chodzimy."

„Nie. Chodźmy do Irlandczyka".

"Irlandczyk?" Tracy uniosła brwi tak wysoko, że prawie wystrzeliły jej z twarzy. „Nienawidzisz Irlandczyków. Tam wszyscy idą".

"Ja wiem."

Tam by się znalazł.

Przebiegły kłamliwy szczur i drań.

# ROZDZIAŁ VII

Nie było go tam.

Kolejny powód, dla którego mój gniew rośnie.

Nienawidziłem Irlandczyka.

Było to ulubione miejsce typowych urzędników ubranych w maklery i niestety, głównie ze względu na bliskość, firmy Williams Resource Recovery.

Wściekałem się przez około trzydzieści minut na przybycie człowieka godziny.

Nie zrobiła tego, więc zostawiłem Tracy nieświadomie zadowoloną z jej koktajlu (i naiwnego młodego bankiera kupieckiego) i wróciłem na drugą stronę ulicy, żeby zobaczyć, czy nadal jest w swoim biurze.

Tam było.

Najwyraźniej czekał na mnie, bo kiedy otworzyłem jego drzwi, zrobił niewiele więcej niż odchylił się na krześle i uśmiechnął.

"Oszukiwałeś."

– Niezupełnie prawda, panno Harrison. Wszystkie informacje były dla pani dostępne. Po prostu ich nie zrozumiała lub nie uznała ich za interesujące.

Uderzyła mnie prawda jego słów.

- Więc zróbmy to - powiedziałem w błysku naładowanej adrenaliną brawury, której żałowałem w chwili, gdy moje usta zamknęły się wokół słów.

- Zamknij drzwi - wydał polecenie i wstał.

Moje serce bije mocno.

Moje gardło się skurczyło.

Odwróciłam się w stronę jego drzwi, myśląc o przecieku.

Nie jestem pewien, jak dokładnie moje drżące palce były w stanie aktywować mechanizm blokujący.

Odwróciłem się do niego.

Upał i przerażające dreszcze przepływały przez moje ciało sprzecznymi falami.

Zacząłem się pocić w tym samym czasie, kiedy przez moją skórę przebiegały małe ukłucia.

Przypomniałem sobie, że na swoim biurku powiedział, że mnie chce, więc z nogami słabymi ze strachu wstałem, aż udami dotknąłem drewna.

Odsunął się od biurka, by stanąć za mną.

Poprawiłem nogi, zamykając kolana.

Nie pozwoliłam mu zobaczyć, jak się trzęsę.

Przytulił się blisko.

Czułam ciepło jego ciała.

Odwróciłam głowę, spoglądając przez ramię, ale nie nawiązując kontaktu wzrokowego.

"Spódnica czy bez spódnicy?" – zapytałem z udawaną obojętnością.

Zachichotał, dudniący dźwięk, który wibrował na mojej szyi.

- Aż tak się martwisz? - szepnęła.

- Po prostu zrób to już - wyrzuciłem słowa przez zaciśnięte zęby.

"Nie powiedział.

- Co masz na myśli mówiąc nie? To był twój głupi pomysł!

Odwróciłam się i znalazłam się uwięziona w jego ramionach.

Pochyliła się, by oprzeć dłonie na biurku.

Mówił przy krzywiznie mojej szyi.

„Nie, nie chcę", jej usta składały miękkie pocałunki na napiętych ścięgnach między każdym słowem, „Chcę cię. Mokry. Pragnący. Błagający".

- Nie będę błagać – powiedziałam, wyginając szyję w łuk, by dać jego grzesznym ustom więcej miejsca do poruszania się.

„Zamierzasz to zrobić". Podniósł rękę do mojego podbródka, abym uniosła twarz i spojrzała na niego. - Uwielbiałeś to ostatnim razem. Chciałeś więcej, prawda?

Walczyłam z uściskiem na brodzie i potrząsnęłam głową.

Zniżył swoje usta do mnie, jego usta poruszały się po moich i powiedział:

"Kłamca".

Otworzyłam się przed nim bez zastanowienia.

Pozwoliłam jego językowi znaleźć drogę do mojego, wzdychając z przyjemności, gdy mokra końcówka bawiła się mną tak dobrze.

Dobrze.

Tak dobrze.

Tak upadło ostatnim razem.

To nie była tequila.

To były jego usta.

To mnie odurzyło, żeby rozłożyć nogi.

Wygięłam się w łuk, kochając dotyk jego twardej klatki piersiowej naciskającej na moje piersi.

Jego usta opuściły moje i nie mogłam powstrzymać rozczarowanego westchnienia spowodowanego stratą.

Upadł na kolana.

Spojrzałam na niego, gdy jego ręce powoli przesuwały się po moich łydkach.

Jego ręce zatrzymały się na moich kolanach, aby rozszerzyć moje nogi.

Zrobiłem to bez protestu.

Pod moją spódnicą weszły palce.

Przesuwając je, przesuwając po miękkiej, wrażliwej skórze moich wewnętrznych ud.

Spódnica chwytała mnie za nogi i kiedy próbowałam je rozłożyć szerzej, nagle zapragnęłam ją zdjąć.

Chciałem, żeby to wszystko wyszło.

Przesunęłam palcami po bocznym suwaku mojej spódnicy, ale ani drgnął.

Sięgnąłem po spódnicę.

Sfrustrowany, rzuciłem przekleństwo, które go rozśmieszyło.

Rzeczywistość interweniowała na dźwięk i zdałem sobie sprawę, jak szybko skapitulowałem.

Rozwścieczyła mnie ta myśl: Och, jak on musi to kochać!

Zdenerwowana rozpięłam suwak i spuściłam wzrok, gotowa powiedzieć coś sarkastycznego, kiedy zobaczyłam jego oczy.

Nie było w tym śmiechu ani triumfu, tylko czysta, naga potrzeba.

Uderzyło mnie to mocno.

Powietrze opuściło moje płuca ze szmerem.

Rzeczywistość rozpłynęła się wraz z jej potrzebą pieprzenia.

W tym momencie powietrze się zmieniło.

Poszło elektryzująco, iskrząc się krzesiwem naszej potrzeby.

Rozdarłam bok spódnicy.

Przeszywający dźwięk przeszył powietrze, ale nie obchodziło mnie to.

Chciałem, żeby to wszystko wyszło.

Wszyscy won.

Już teraz.

Pomógł mi obniżyć spódnicę.

Zebrała się u moich stóp, pozostawiając mnie w samych szpilkach i podkolanówkach.

Poszedłem zdjąć buty, ale potrząsnął głową i wyrzucił z siebie to słowo

"NIE".

Miała na sobie proste majtki.

Nic nadzwyczajnego, żadnych koronek, tylko różowa bawełna, a mimo to jęknął.

Poczułem przypływ przyjemności na ten dźwięk.

Jego palce zaatakowały moją bluzkę, szarpiąc perłowe guziki z całkowitą pogardą.

Usłyszałam brzęczenie z półki, kiedy rozpiął moją bluzkę.

Potem wstała i zarzuciła mi koszulę na ramiona, przesuwając dłonią po moich ramionach, aby całkowicie ją zdjąć.

Odsunął się i spojrzał na mnie.

Zwalczyłam chęć zakrycia się, wbijając palce w krawędź biurka.

Czas stanął w miejscu, gdy patrzył, aż został napełniony.

Mój oddech przerwał ciszę panującą w biurze.

Czekać.

Czas.

Moje sutki spuchły boleśnie, moja mokra cipka czekała.

Nie była przyzwyczajona do czekania.

Kontrola nie była czymś, z czego łatwo się poddawałem.

Była napięta jak wibrująca struna, gdy czekała na jego ruch.

Jego ruchy wydawały się celowo powolne, gdy wrócił i stanął w pobliżu.

Jakby uspokoił się po chęci zdjęcia moich ubrań.

Nie mówił, zamiast tego mamrotał niewyraźne odgłosy przyjemności, przesuwając dłońmi po mojej skórze.

Badał mnie, jakby mapował moją topografię, jego palce podążały za każdym spadkiem i zakrętem z intensywną koncentracją.

Jęknęłam i poruszyłam biodrami, niecierpliwie czekając, aż palce przesuną się na południe.

Zignorował natarczywe ruchy moich bioder i kontynuował swoją męcząco powolną eksplorację.

Kiedy jego palce zsunęły się po krzywiznie mojego brzucha i musnęły elastyczny brzeg moich majtek, jęknęłam.

"Tak".

Myślałem, że będzie kopał głębiej iw końcu dotknie mojej cipki, ale zamiast tego położył ręce na moich biodrach i obrócił mnie tak, abym stanął przed biurkiem.

Jego palce drażniąco przesunęły się po moim tyłku, a następnie zsunęły się w dół, by ująć moje kostki, rozsuwając moje nogi jeszcze bardziej.

Musiałam pochylić się do przodu, żeby zachować równowagę, opierając łokcie na jego biurku.

Masujące dłonie przesuwały się w górę moich łydek, utalentowane palce wbijały się w mięsień, aż czas stał się prawie płynny.

Kiedy dotarł do moich kolan, zaczął bawić się ustami, ciągnąc mokre pocałunki po wrażliwej krzywiźnie.

Nie mogłem powstrzymać się od kołysania biodrami, mojego ciała poruszającego się bez zastanowienia, kołyszącego się z przyjemności.

Westchnęłam, gdy jego kciuki wbiły się w moje mięśnie, łagodząc węzły i bóle.

Tam, gdzie poszły jej palce, ja podążałem za jej ustami, całując, gryząc, liżąc i wreszcie gładząc zarost na jej brodzie.

Kiedy jego ręce sięgnęły, by ująć moje pośladki, czekałam, gotowa, aż zdejmie mi majtki.

Nie zrobił tego.

Zamiast tego wsunęła kciuki pod kwadratowy brzeg młodzieńczych majtek i uniosła je do góry.

Pociągnął, aż materiał wsunął się między moje pośladki i zakołysał na mojej mokrej szparce i pulsującej łechtaczce.

Wstałam na palce z sapnięciem, gdy szarpał mnie za majtki z niszczycielskim skutkiem.

Mógłbym tak przyjść.

Zdałem sobie z tego sprawę, kiedy mokra szmatka pieściła moją łechtaczkę.

Cofnąłem się, ponaglając go swoimi westchnieniami i jękami.

„Tak. Tak" jęknęłam, gdy poczułam początek zbliżającego się orgazmu.

I zatrzymał się , uderzając mnie w tyłek.

- Jeszcze nie - powiedział, a ja dosłownie powstrzymałam chęć krzyku, boleśnie zatapiając zęby w dolnej wardze.

Jednym ruchem zdjął ze mnie majtki.

Obiema rękami chwycił krawędzie i szybko je pociągnął w dół.

Dotknął mojej nogi, gdy majtki, rozciągnięte do granic możliwości, sięgały mi do kolan.

Ponieważ nie poruszałam się wystarczająco szybko, rozdarł mi majtki za klin.

Te dwa szczątki spadły na moje buty.

Nie miałem czasu na protest.

W chwili, gdy mój tyłek był nagi, wsunął moje nogi głębiej i schował twarz w moim tyłku.

Jego ręce powędrowały do moich pośladków, rozpostartymi palcami rozwarł je jeszcze bardziej.

Krzyknęłam zszokowana, gdy jego język dotknął mojego tyłka.

Małe zakręty.

Złapałem się na tym, że dzwonię w rytm jego języka:

"Uh-uh-uh-uh..."

Uczucie było niesamowite.

Nigdy nie czułem czegoś takiego.

Kołysałam się przy jego ustach.

Moje ręce sięgnęły i chwyciły stół.

Papiery wyślizgnęły mi się spod wymachujących rąk i zgniotły między palcami.

Czyjaś ręka opuściła mój tyłek i znalazła się między moimi nogami.

Jego kciuk, myślę, że to był jego kciuk, zanurzył się w mojej mokrej cipce, a następnie w dół do mojej łechtaczki.

Okrążył spuchnięty guzek , przyciskając językiem do mojego odbytu.

Poczułam, jak ciasny odbyt rozluźnia się pod wpływem natarczywego pchnięcia jego języka.

Język.

Kciuk na moją łechtaczkę.

uległem

Moje usta przywarły do drewna.

Płakałam zwierzęcymi odgłosami, bez słów, piskami i pomrukami.

„Uh, uh, uh, eeeee", poczułem, jak mój odbyt kurczy się na jego języku.

Kciukiem wykonał ostatni ruch na mojej łechtaczce, a potem jego palce zanurzyły się w mojej cipce.

Wzięłam orgazm w jego dłoń, zaciskając go w jego palcach.

Wyczerpana, zsunęłam się do przodu, upuszczając kolejne papiery na podłogę, kiedy upadłam na jego biurko, torsem.

Kiedy tak leżałem, wyciągnięty na jej biurku, podeszła do mnie od tyłu.

Poczułam nacisk jego erekcji na moje pośladki.

Dotyk jego twardego kutasa przypomniał mi o zakładzie, który jeszcze nie został zapłacony i napięłam się.

# ROZDZIAŁ VIII

Przesunął dłonią po moich zesztywniałych plecach, wzdłuż kręgosłupa.

- Zrelaksuj się - powiedział, przesuwając się powoli w górę wybrzuszenia mojego kręgosłupa.

Nie mogłem się zrelaksować.

Wszystko, o czym mogłem myśleć, to rozmiar jego penisa i rozmiar mojego odbytu, co sprawiło, że się wzdrygnąłem.

Pochylił się nade mną z ustami u podstawy mojej szyi i wyszeptał:

„Dobrze. Nie skrzywdzę cię. Nigdy bym cię nie skrzywdził".

Pozostałam sztywna , nic nie mówiąc, podczas gdy jego ręka nadal pieściła moje plecy.

Nadal miałam na sobie stanik.

Zatrzymał się przy paskach, żeby przesunąć zapięcie.

Kiedy pasy zostały odpięte, położył ręce na moich ramionach i delikatnym ściśnięciem podniósł mnie na nogi.

Chwytając mnie mocno, przyciągnął do siebie.

Biustonosz poluzował się, gdy usiadłam, a on przesunął dłońmi, by ująć moje piersi.

Jego kciuki przejechały po stwardniałych końcówkach moich sutków.

Nadal był w pełni ubrany.

Klamra jego paska była zimna na moich plecach.

Obrócił biodra w moją stronę, powolnym ruchem przesuwając swojego penisa po moich pośladkach.

Napięcie, które ogarnęło moje ciało, powoli opadło, gdy jego usta przesunęły się w dół mojej szyi.

- Taka piękna - wyszeptał.

Sięgnął w dół, by ująć moją cipkę, zwijając palce między mokrymi ustami, na krótko zanurzając w środku koniuszki dwóch palców.

Stanęłam na palcach, aby dać mu większy dostęp, pochylając się do przodu, ufając, że mnie podtrzyma.

- Tak - powiedział, szczypiąc sutek na mojej lewej piersi, niesamowite uczucie przebiegło przez moje ciało.

– Pochyl się – powiedział, gdy jego palce opuściły moją cipkę i osiadły na dolnej części pleców.

Delikatnie popchnął mnie do przodu, aż moje biodra dotknęły krawędzi biurka.

Odprężyłam się, pozwalając mu ustawić mnie tam, gdzie go potrzebowałam.

Poczułam, jak znowu pada na kolana.

Jego ręce wędrowały po wewnętrznej stronie moich ud, aż jego kciuki spoczęły na zagłębieniu mojej cipki.

Wsunął jeden kciuk, a potem drugi do środka.

Czekałam, aż pchnie dalej, ale tego nie zrobił, zamiast tego wsunął mokre kciuki między mój tyłek a wejście.

Krążył mokrymi kciukami wokół wrażliwej dziurki.

Odepchnąłem się i ciśnienie wzrosło, aż mój kciuk wsunął się w pierścień mięśnia.

Sapnąłem na inwazję, ale nie protestowałem.

Grał, wsuwając jeden, a potem drugi kciuk.

Chciałem więcej, dużo więcej.

Przelotna presja nie wystarczyła.

Chciałem być pełny.

Zacząłem mówić, „ Jeremy dla...", a potem sapnąłem.

– Co kochanie, czego chcesz?

Nie odpowiedziałem.

Podniosłem ramię w miejscu, gdzie opierało się czoło, do ust i wgryzłem się w mięso.

Kontynuował drażniące małe pchnięcia w mój odbyt.

Odepchnąłem się, moje ciało prosiło o więcej.

– Powiedz to – powiedział, a ja wiedziałam, że nie dałby mi więcej, gdyby nie powiedział tych słów.

Opierałem się, kołysząc się do przodu.

Moja kość łonowa uderzyła o krawędź biurka i zdałem sobie sprawę, że jeśli się trochę powłóczę, dam radę.

Poruszałam biodrami, ale on, jakby wyczuwając mój plan, złapał mnie za biodra, zmuszając do pozostania w bezruchu.

W tym momencie opuścił głowę między moje uda i pochylił się, by długo ssać moją szparę.

Warknąłem, a kiedy jego język nadal wracał do mojego tyłka, sapnąłem.

Jego usta oderwały się od moich pośladków, a ja odchyliłam biodra do tyłu, by mógł kontynuować.

Złapał mnie znowu i powiedział:

"Powiedz mi".

Pozwoliłem mojemu ciału krzyczeć, podczas gdy mój umysł wciąż odmawiał.

Wstał, a ja podniosłam głowę znad biurka, oglądając się przez ramię.

W pewnym momencie schował swojego penisa w prezerwatywę, jego spodnie były otwarte na biodrach, a jego kutas pokryty lateksem podskakiwał gęsto i mocno.

Patrzyłem z szeroko otwartymi oczami, jak gładził swoimi śliskimi dłońmi swoją erekcję.

Gdy słowa uwięzły mi w gardle, sięgnął do przodu i przycisnął szeroką, śliską główkę swojego penisa do mojego odbytu.

Kołysał biodrami, wpychając czubek tak lekko w moje pośladki.

Czekałem na rozciągnięcie, zanurzenie, ale już się nie poruszył.

Podniosłam na niego wzrok i napotkałam zdeterminowane niebieskie oczy.

- Powiedz mi proszę - wydyszałem - kochasz mnie?

"Kurwa tak," warknął, "Chcę pieprzyć twój uparty tyłek."

To było wystarczająco.

Dość, że się poddałem.

„Weź to. Weź to, proszę, Jeremy, weź mnie".

Kołysał się do przodu, powoli, bardzo powoli, wpychając główkę swojego penisa w mój tyłek.

Zakrztusiłem się w trakcie.

w swędzeniu

Już miała mu nic więcej nie mówić, kiedy z śliskim trzaskiem prześlizgnęła się przez ciasny krąg mięśni, łagodząc ból.

Wyciągnął rękę na dole moich pleców, kołysząc się we mnie.

Delektowałem się uczuciem sytości, zaskoczony tym, jakie to było przyjemne.

Przyzwyczajałam się do powolnego kołysania, kiedy chwycił mnie za biodra i zaczął pchać.

Wchodził i wychodził ze mnie całą swoją długością.

Klamra jego paska klikała za każdym razem, gdy osiągał najniższy poziom.

Każde pchnięcie sprowadzało korzeń mojej łechtaczki na biurko.

Poczułam narastający orgazm.

Ścisnąłem się w oczekiwaniu i usłyszałem jej jęk.

Zrobił to ponownie.

Z każdym pchnięciem ściskałem mocno swój tyłek wokół jego penisa, tylko po to, by usłyszeć, jak jęczy.

Uderzył mnie mocno, byłam tak skupiona na synchronizowaniu moich uchwytów z jego pchnięciami, że orgazm przyszedł do mnie prawie bez ostrzeżenia.

Westchnęłam, odchyliłam się do tyłu i poczułam dziwne i zaskakujące uczucie, gdy mój tyłek zaciska się w orgazmie wokół jego penisa.

Jęknął, pchnął, zatrzymując się, gdy moje mięśnie zadrżały wokół jego długości.

Kiedy mój orgazm opadł, zaczął się ponownie.

Nie popychany rytm.

Kurwa, krótko, a potem długo.

Głęboko, a potem płytko.

Aż z gardłowym jękiem krzyknął:

"Dochodzę!"

Opadł na mnie i przycisnął do biurka.

Oblewał pocałunkami moją szyję i łopatki, zatrzymując się co jakiś czas, by zlizać pot z mojej skóry.

Leżałam nieruchomo, ciesząc się jego ciężarem na sobie.

Stałam przy biurku, naga i z rozłożonymi nogami, kiedy wstał , rozpiął prezerwatywę i poprawił ubranie.

Dopiero kiedy siedział przy swoim biurku, w końcu wstałam.

Do lewej piersi przykleiłem kawałek papieru.

To przeszło od wzniosłości do śmieszności.

Zdjąłem go, podałem mu i powiedziałem:

– Mam nadzieję, że to nie jest ważne.

Wziął go ode mnie z uśmiechem.

Najpierw szukałam majtek, a potem zorientowawszy się, że są w dwóch częściach, po prostu założyłam spłaszczoną spódniczkę.

Suwak zapinany tylko do połowy, pęknięty u góry.

Moja koszula też nie była rewelacyjna, brakowało dwóch guzików i wisiała rozpięta przed moimi piersiami.

Kiedy patrzyłem, jak wyglądał mój fatalny strój, Jeremy wstał od biurka i podniósł marynarkę.

Podał mi go, a ja go założyłem.

Spadł do połowy uda, pokrywając większość obrażeń.

Kiedy podwinęłam zbyt długie rękawy, Jeremy usiadł z powrotem przy biurku naprzeciwko mnie.

- A więc - powiedział, nagle tracąc pewność siebie.

— A więc — powtórzyłem.

„Nie chcę czekać na to kolejne dziesięć miesięcy”.

Moje usta lekko opadły.

Zamknąłem go i próbowałem znaleźć jakiś sposób na odpowiedź.

„Nancy, moja droga, jesteś najbardziej upartą, niezdarną kobietą, jaką kiedykolwiek spotkałem".

Rozwścieczony, z łatwością znalazłem słowa, aby na to odpowiedzieć!

Otworzyłam usta, żeby wypluć jakąś domową prawdę o nim, kiedy wyciągnął rękę i położył mi palec na ustach, w milczeniu.

„Kochasz mnie. Ja kocham cię. Do diabła, przyznaję! Bardziej niż kochanie cię. Lubię cię. Każdy twój upór. Spróbujmy".

Kiedy wypowiedział te słowa, wiedziałam, że tego właśnie chcę.

Czego naprawdę chciałem.

- Naprawdę? Mówisz poważnie - wyszeptałam.

- Załóż się o swoją słodką dupę - powiedział, przyciągając mnie do przodu, by wziąć moje usta w namiętny, topniejący pocałunek.

- Tak - wyszeptałam w jego usta.

- W końcu go rozpoznałaś - powiedział, jeszcze raz mocno mnie całując.

# KONIEC

131